· 石英散文精选 ·

生命的吉光

Light in Life

石 英 · 著

中国青年出版社

作者自序

我很喜欢《生命的吉光》这个书名。这是出版方经过斟酌帮助我确定了的。"吉光"不仅在字面上富有正色,而且还是传说中一种神马的名字。它与"生命"的组合,更具阳光向上之意。是时代的也是传统的,生命都是无尽的延续。

尝与文友闲谈,凡涉及作品的篇名与书名时,无不觉得纵然思路的空间十分广阔,汉字的组合千变万化,但起一个较好的篇名乃至书名,还是有愈来愈不易之感。这多少也说明:空间尽管广阔,组合尽管万般变化,而"撞车"与"剐蹭"恐难以避免。因此,出新便成为一个很大的课题。

有鉴于此,我素来对于作品的"原创性",诗文的新意象十分看重,对前人的这方面的典范非常崇慕。最近,我为此写了一篇名为《诗词的原创性和新意象》的专文,因刚刚发表,未及收入本书。我也很赞赏本书的编辑方:本来我起初提供的文章比之现在是多了不少的,经过反复的筛选与合理的"瘦身",筛除了一些比较一般化的篇章,其中就包括从见地到角度出新不够的部分。我认为编辑方的眼光是敏锐的,其审美观与作者总体上是暗合的。书的篇幅宁可少些,也要尽求新一些,精一些。

所有收入本书的文章,都是近几年来在报刊上发表过的单幅。我总有一个也许是近于固执的看法:多经一轮认定和选取就多了一次考验。在此,我对最初发表这些文章的《光明日报》《中国艺术报》《中国财经报》《工人日报》《天津日报》以及《散文百家》《天津文学》等报刊深表谢意。它们中有的还系列地发表了我对唐宋诗词各家作品的剖析文章,这也许是他们的偏爱,但对作者而言,无疑是一种真诚地鼓励。

在本书中,除部分篇章属于传统的抒情叙事散文外,多为有识见、有哲思、有一定深度和较新角度的随笔文字。其不同于一般学术文章之点在于:不失散文的形态和路数,有思想见地却又富于文学性,不失散文的意韵,这样的随笔仍属于散文的范畴,而且,对当前散文数量虽多但类型相对狭窄以致造成某种重合乃至"阅读疲劳",也是一种开阔性的展示。

我历来从思想上力戒"厚古薄今",但这丝毫也不妨碍我对中华民族丰厚的文化遗存尤其是深湛优美的文学传统从心底的挚爱。中华民族之所以在数千年中虽历经磨难,饱尝内忧外患之苦仍能颠扑未毁而立足于世,不能不说与传统优秀文化基础之深,难以撼动的精神力量有着极大的关系。这种精神力量不断传续而发扬光大，便可产生出春风布雨，雨润又生的良性循环。作为一个对传统优秀文化虔诚的求知者，我颇喜将平生所学心得，梳理成篇。忐忑虔诚，却不甘为抄录匠；如在字里行间偶有别悟，亦不乏有些独立见解，以求于己又有益于人，可供交流切磋，不亦说乎？如本书中《〈水浒传〉新说》《古典名著中的"无奈"与"随意"》《戏曲、传说的利与弊》等篇，都是我不揣浅陋地写出以就正于方家。

最后，我还不能不表达一桩心意：此书稿是我最初即竭诚投给中国青年出版社的，这主要是自我青少年时期她在我心目中形成的良好形象使然。中国青年出版社在二十世纪五六十年代即出过"三红一创"这样影响深远的作品，其中《红日》中所反映的战争生活还直接与我少年时代亲历的血与火的战争直接相关（其时我虽未正式参军，但已作为少儿宣传队成员随我县支前大军远赴鲁中前线达数月之久）。另外，我青少年时期最爱读的《中国青年》《中国青年报》和中国青年出版社的出版物，都与我的成长密切相关：青春，这是生命勃发之盛花期；纵然人之年龄已入老境，如仍有向上之精神力量，从本质上说，与"青春"仍未远离。

虽然我并非第一次在中国青年出版社出书（数年前曾出过小说作品），但散文类著作，尤其是如上所言之"生命的吉光"，志在探求生命之真谛、升华向善向上的文化意蕴，我总有一种执意于中国青年出版社而不可替代的愿望。而今书稿得社方认定，自然是深为感慰；又欣逢责编文化底蕴扎实，编辑作风认真细密，更引为一种幸事。

毋多赘言，权为自序。

石英

岁当丁酉秋分于京

人生中任何

真正美好的东西

均应转化为一种力量，

一种似虚幻

却十分坚实的理想。

目 录

第一章

生命的吉光

怀念那些书,也怀念与那些书有关的时代。总之,来去都是缘分。

第二章

前贤的启示

想象亦成为寄托，
理想给生命以坚
韧的牵动。

文化的况味

敝屋寒风吹走了
廉价的宣纸,毕生
血泪与更漏同一
节奏地滴滴……

第四章

心仪的爱好

作为国粹的京剧,
真是一个挖掘不
尽的艺术宝库,也
有说不尽的讲究。

自然天地间

整个儿这一带都
静得出奇，好像
历史在沉思，不
愿噪声打扰。

• 生命的吉光 •
Light in Life

第 一 章

生命的吉光

知音自书中来

　　说来亦合逻辑,我个人的创作种类是散文、诗歌、小说均有涉猎,而我自来读书同样是诗歌、小说、散文都很喜欢。因篇幅所限,简述我喜爱的散文和诗歌。

　　在散文作品中,我较多涉猎的仍是古典散文,如唐宋八大家。而在这八大家中,对苏轼的散文下的功夫更多些。窃以为,在中国两千多年的文学传统的长河中,苏轼确是文学大家中极耀眼的一颗巨星;也许是出于偏爱,我一直是很崇慕这位东坡居士的。因为,在文学艺术的门类中,某一单项的突出成就固然也值得称道,而在多方面都卓有建树的全才则更为罕见,这才是功底丰厚、名副其实的文学大家。也就是说,某一方面的名家固已不易,而全面出手的文学大家尤为难得。因此,在这里,仅就苏轼的散文谈谈我多年来的品读感受。

　　现在,我手头上就有几种苏轼的散文集,而较为全面的是《唐宋八大家文集·苏轼文》(人民日报出版社出版)。当然,读后的感受也是多方面的,只能就其要者说二三点。

人所共知，苏轼的文学成就是多方面的，而他的散文作品同样是丰富多采，诸色纷呈。他既有赋味很浓的《前赤壁赋》《后赤壁赋》等名篇，又有《贾谊论》《晁错论》等宏论大文；既有《喜雨亭记》《放鹤亭记》等记事和抒情相谐的散文，又有《石钟山记》这样近于科学考据的精巧文字；既有《记承天寺夜游》那般玲珑的纪游小品，又有《石崇婢知人》等的随笔小语。另如序跋、杂文、书札诸项无不尽具，而且出手多成妙笔，极少粗疏。我多年来一直主张，散文的品类和路数不宜太窄，纵然出自同一作家之手亦应力戒单一化，窄则引人进入狭谷，单则使人读多了生腻；更不宜人为地纵声倡言应"大"或应"小"，至于只许这样写那样写、只许写这种写那种则更不可取，事实上亦不可能。作家本人完全可以有自己的偏好，自己的取向，自己的实践，但不宜硬说只有这一种是最好的。读苏轼先贤异彩纷呈之散文，使我有了更进一步更清醒的启悟。

　　凡东坡出手之文，无论何体何种格调，无不渗透着浓郁的意蕴。也可说他从不作无情之文，而作深情大情之文。他的前后《赤壁赋》自不待言，人们在这方面已说得很多，即使如《记承天寺夜游》这样的短制，在信笔中也情注字里行间，真是其味足也。还有他的一些论说文字，也从无干巴的说教，应该说是以情带理，理含韵致。人们常常说的"才情"二字，在苏轼的散文中体现得最为淋漓尽致。情者，才也。这里所说之情,非浮泛之情,而化为一种味道,一种意蕴,一种境界,一种不温不火耐人咀嚼的内在气质。这是只有大才、大手笔才可能达到的化境,也只有多少具备同类气质、较高素养者才可学到其真髓之一二。我读明清散文特别是一些小品佳作,便自然感到其中很有东坡意蕴的影响。

东坡文值得借鉴的妙处自然很多,但另一给我印象最深的还有他行文的到位、精确,既洗练又传神。我们今天写散文当然不可能全用古文,更不可生硬模仿之,但他在语言方面的主张和技巧对于后世的为文者绝没有过时。如他所说的"所可知者,常行于所当行,常止于不可不止"这一信条,就是他在实践中时时恪守着,而且得到了令人钦服的体现。如《蓬莱阁记所见》仅38字,却将当时海面情景、船来之势写得极为真切生动:"忽有如黑豆数点者,郡人云:'海舶至矣。'不一炊久,已至阁下。"笔者为登州府人,自幼生活于海畔,所见悉如东坡笔下情景,宋代虽无摄影术,但在文豪笔下,古今似可贯通。别忘了,苏轼在登州(今蓬莱)府任上才只五日啊。他不唯精练,而且总是给人以具象感,可说是尽扫枯燥。他写《石崇婢知人》,厕中婢善于察言观色,由王敦入厕后的一个特殊表现即可断言"此客必能作贼"。真是"传神写照,正在阿堵中"。我谈今日的散文,只要是好的,固然都不拘长短,但我还是更倾向于精短而又生动引人者为上。所谓"大散文"也有好的,但如只凭架势而大,乃至抻长为大,读来如空泛无籽,如枯燥乏味,便不敢恭维,反觉是一种浪费,甚至不如一精短好读的小文更有价值。

东坡散文似深湖似大海,好处当然不止上述几点,不同人读之自会从不同角度领略其佳处,这是无须赘言的。

至于诗歌,我一向酷爱,"文革"前单身在天津工作,枕边常置《唐诗一百首》《宋诗一百首》和《唐宋词一百首》,入睡前及晨起前必品咂一二首,其味无穷。其时最受社会推崇的当然是李白、杜甫、白居易,都是冠以伟大诗人的。我当然对以上三位大诗人的作品也有高度评价,但也许是由于个人性格、审美趣味所致,我逐渐对似不如以上三位那么伟大却自领风骚的刘禹锡、杜牧的诗作更为钟情。现在,我手边就有北京出版社出版的《唐诗选注》(上下册),不消说是经常翻阅的,但品味不腻的仍是上述刘、杜二位的诗。那么,我姑不言全书,仅就刘梦得和杜牧之的诗作略谈一二心得。

这两位诗人都生活在唐代的中后期,当时的国势与社会环境自然都不如安史之乱前,而且孕育着更激烈的阶级矛盾和社会动乱。刘禹锡就是以王叔文为首的所谓"永贞革新"中的主要成员之一;杜牧虽出身富豪,但在当时内忧外患的社会环境中也不乏对下层人民同情,致力于兴利除弊之举。

过去的诗评家一般是把处于同时期的李(商隐)、杜(牧)并提,究其实这两位诗人在风格上是有较大差异的。而我这里之所以由刘想到杜,由杜又联想到刘,是因为:尽管二位诗家的风格并不尽同,但确有相近的气质。我自年轻时读唐诗,对刘禹锡和杜牧这两位诗人的突出感觉便是极聪明,极灵慧。当然,既为成名的诗人还有笨拙的吗?笨拙之词可能不尽恰切,但确有苦吟派,或刻意求诗派。而以上两位诗人虽也视诗如命,但写得潇洒、自然、清新而无琢痕,往往是出手多成名句。不是吗?且看许多读者耳熟能详之句:"旧时王谢堂前燕,飞入寻常百姓家""晴空一鹤排云上,便引诗情到碧霄"(刘禹锡)和"东风不与周郎便,铜雀春深锁二乔""一骑红尘妃子笑,无人知是荔枝来"。看似信手拈来,细品其味无穷。我少时每读至此,禁不住由衷赞叹:世上竟有这等灵慧之人!

中国的传统诗歌是最讲意境的,这是很正确的归结。其实也可以这样说,无意境也就不成其为诗,意境是诗味的秘宫。以上刘、杜二位可谓悟透了诗的真谛,因此最能营造诗的意境。"山围故国周遭在,潮打空城寂寞回。淮水东边旧时月,夜深还过女墙来。"刘禹锡的这首七言绝句,意境新奇似又清淡,深邃却又自然,尽得意境营构之妙。又如杜牧之名句:"蜡烛有心还惜别,替人垂泪到天明。"读之,实在觉得他们是创造意境的高手,将诗这宗东西悟透了,也写到家了。

人们无不称道盛唐诗人王维"诗中有画,画中有诗",其实以上刘、杜二位在这方面也并不逊色。且看刘禹锡"遥看洞庭山水翠,白银盘里一青螺"。杜牧"南朝四百八十寺,多少楼台烟雨中""远上寒山石径斜,白云生处有人家。停车坐爱枫林晚,霜叶红于二月花"。如此等等,单从画面角度而言,称他们为诗的画家,并不为过。

凡为真正的现实主义诗人,都不能脱离时代,闭眼不顾国家命运、人民生活。刘禹锡和杜牧自然也是这样。刘禹锡的《聚蚊谣》以辛辣讽刺的笔触,将昏暗中喧嚣不止的蚊子比作当时腐朽的官僚与权贵。杜牧的《河湟》一诗表现了他对收复失地的渴望和对当权者的不满。至于刘的名句"美人首饰王侯印,尽是沙中浪底来",杜的"商女不知亡国恨,隔江犹唱后庭花",等等,无不曲折地反映诗人对底层劳动者的同情和对某些醉生梦死人生世相的针砭。

应该说,刘禹锡和杜牧诗的风格都很清新,但绝非只是轻巧,他们每能写出沉雄、厚重之作。在这方面最典型的是刘禹锡的七律《西塞山怀古》,其中颈联和颔联句为:"千寻铁锁沉江底,一片降幡出石头。人世几回伤亡事,山形依旧枕寒流。"不唯是写三国末世之古情,也在影射慨叹唐代晚期之颓势,可谓字如浪拍,句似石倾,一声慨叹,山林共鸣。杜牧诗中也常常流露出郁愤之情,如"潜销暗铄归何处?万指侯家自不知"(《题村舍》)。沉郁不平,溢于行间。

对古今任何大家,只能归其大类,但他们仍各有个性。以刘禹锡、杜牧而言,诗风都极清新自然,但刘、杜生活经历不同,诗作也别出锋刃,刘更讥诮洒脱:"种桃道士归何处?前度刘郎今又来。"此意味可为代表。杜则更趋清丽、爽朗:"鸟去鸟来山色里,人歌人哭水声中。深秋帘幕千家雨,落日楼台一笛风。"此句可见小杜鲜明个性之一斑。

唐诗浩如烟海,大家耀若群星,单单钟情刘、杜,岂非狭义偏爱?其实亦不难理解,伟人毛泽东不也爱喜"三李"(李白、李贺、李商隐)吗?伟人之喜,凡人之爱,皆属正常,并不因此而排斥别家,是耶?

感念当年的"书友"

　　自古至今，不少人有藏书的爱好。我虽有一定数量的存书，却还够不上真正意义的收藏；留给我珍贵记忆的倒是少年时期陆续购买和收集的三十来本书。这些书大部分是二十世纪四十年代解放区书店出版的，少量还是国统区书店出版的。这些书曾伴随我少年难忘的时光，滋润我成长。说来有点好笑，在日本投降后的 1945 年至解放战争的 1948 年间，我曾怀着一种孩稚的天真心情，在家中西间屋的柜子上，举行了一个自办自赏的小小"书展"，在柜子上排了一个整齐的书的队列，而所用的"书立"则是我高小语文教师、北平名牌中学的高中毕业生王中戊老师回北平升大学前赠送我的纪念品。

　　我离家参军前，随身带了几本我最珍爱的书；其余的，在后来的回乡探亲时又陆续带了出来，可见对它们的珍惜之甚。然而在"文革"期间，我受难被拘，办公室兼居室被撬开，装在一个柳条箱内的上述藏书悉数被抄走。多年后，"落实政策"时也曾提出查询,回答是"不知是谁拿的,无法查找"云云。

书虽杳然,但记忆未泯,随着时光推移,愈觉这些"书友"之可贵,其余味品之似更新更浓,禁不住诉诸文字,聊作小小的弥补以慰己,并感念久别的"书友"。

在这些书中,有一本名为《蒋党真相》(翊勋著,华东新华书店1948年出版),作者真名恽逸群,曾在国民党高层机关做地下工作多年,回到解放区后,便将国民党内部一些鲜为人知的情况披露于世。全书为纪实新闻体,约二十万字,由若干章段组成。我所记得的有"笨伯小诸葛",主要写了白崇禧及有关桂系的种种,揭示了所谓"小诸葛"诸多名不副实的事例,以及他与蒋介石既相互勾结又充满矛盾的关系。还有"志大才疏汤恩伯",着重写这位"西北王"与蒋介石的特殊关系及与特务头子戴笠非同一般的"情谊";尤其是提及的胡宗南的特殊经历与性格,读来颇觉新鲜。"顾维钧的外交生涯"写顾的英语水平颇佳,与其他外交家在"国联"每每与日本外交官发生舌辩多能压倒日方。因日本外交官的英语发音非常蹩脚,当他们在口头上辩不过中国代表时,便气急败坏地狂叫:"战场上见分晓!"此外,书中还涉及顾在生活中的其他方面,如与一位南洋富孀的逸事,等等。另如"长沙大火的内幕",写抗战期间湖南长沙焚城大火的始末及背景,牵扯到许多国民党的要员,但最后似乎查成了"夹生饭"。在这本书中,我还读到了在别处未曾读到的一些人和事:如说有一位我党的忠诚干部,是曾国藩的曾孙,他不但背叛了其封建家庭,而且坚持革命气节,可歌可泣;有的还涉及戴笠的罪恶行径,与后来看到沈醉写到的内容可以相互印证。

《新人生观》(俞铭璜著,华东新华书店 1948 年出版),是我与上述"真相"前后脚在县新华书店购买的。当时印象很深的是这本十几万字的新书还散发着油墨香。甭说是全书的内容,单单"人生观"这个词儿,我也是第一次知晓。今天回头来看,此书是时代的及时雨,是为迎接全国解放,广大青年投入革命队伍而进行思想洗礼之必需,给人留下了极深的印象。

《毛泽东印象记》1946 年由胶东新华书店出版,是美国记者爱泼斯坦等赴延安归来的纪实合集。记得买此书我花了北海币两角五分钱(全国解放前夕一百元北海币可兑换一元人民币)。这些记者的文章大都直述、客观,但也不乏生动的记叙。如写毛泽东非常爱看京剧,外国记者们与主席一起观看,记录下了他看戏时的音容笑貌。如看《打渔杀家》,当教师爷自吹自擂、做出一副虚张声势的丑态时,主席不禁大笑。他看《法门寺》,当宦官刘瑾叫他手下的太监贾桂落座时,贾桂不坐,说是"站惯了",主席更笑出声来。这一切,显然都是外国记者们最感兴趣的着笔之处。

《东北抗日烈士传》由东北(解放区)书店出版。书中录有杨靖宇、赵尚志、李兆麟、邓铁梅等英烈的传略。此书不仅颂扬中国共产党直接领导下的有组织的抗日斗争英烈,也包括"九一八"事变后在爱国旗帜影响下的抗日武装首领,乃至从旧军队中涌现出来的爱国志士,无不义薄云天,感人至深。

《生死场》(萧红著,东北新华书店出版)让我第一次接触到萧红这位现代女作家。当时在县新华书店还看到她的《呼兰河传》,因兜里的钱不够,只买了这一本。或许因年龄太小之故,拿回家并未完全读懂。不知为何,在解放战争初期,我们县城的新华书店尚没有我国最重要的作家鲁迅、茅盾、老舍、巴金等的书籍。

《李有才板话》(赵树理著,1946年初胶东新华书店翻印)是我买的第一本解放区作家的著作。当时的印象很深:书不厚,纸也很粗糙,还夹有造纸时的杂质,纸张切得也不齐整,但皮面很厚、很结实,近于纸壳。我一翻就喜不自禁,出了城迎着夕阳倒着走,边走边看,剩下的一半晚饭后趁着月光在院里看完了。书中的许多"板话"都背了下来,像描写长工喝的稀粥是"勺子搅三搅,浪头打死人",若干年后也没忘。那时留下的总体印象是,解放区作家写的书通俗好懂。

此外,还有古典小说《西游记》残卷(木版)、《说岳全传》全部(清钱彩著,木版)、《济公传》一册(清郭小亭著,现代铅印)、《今古奇观》一册(木版)。它们都是我在外祖父家东厢房的废物堆里拣出来的,是我最早接触的古典小说。

至于《春水红霞》,是1947年我县土改复查分浮财时,被贫下中农抛弃,由本村农会长老梁送给我读的。这套书是二十世纪三四十年代天津言情小说家刘云若的作品。内容除"言情"外,还揭露了旧中国都市生活的阴暗面。作者对当时天津的三教九流、五行八作尤其是"三不管"的生活非常熟悉。书中写了一个买办大亨兼黑社会老大式的人物,横行霸道,无恶不作,竟将一个年轻的当红男旦掠至家中,加以阉割,伤愈后将其打扮得珠光宝气,以姨太太的身份出入交际场中,并与其他姨太太姊妹相称,恣意凌辱可谓灭绝人性。作者刘云若先生住天津,为当时几家报纸撰稿,二十世纪五十年代初还加入了天津作协,为第一批会员。

以上就是我当时购买和收集的一部分书。言其珍贵,是因其时间较早,均出版于解放前。得到它们的过程虽是随机的,但我从书中汲取的养分是多方面的。如今与它们失散多年,每每想来,心中满是感慨,怀念那些书,也怀念与那些书有关的时代。总之,来去都是缘分。

遭遇——为一本书进行的采访

二十世纪六十年代，我从天津南开大学中文系毕业，分配至天津作协《新港》文学月刊工作。不久后北京人民文学出版社总编韦君宜和编辑李今等同志来天津组织"揭资"题材的作品，他们了解到，我在大学时即出过书，又年轻，就把他们认为的一个重要题材给了我，即天津东亚毛纺厂的采访和写作任务。这个厂之所以典型，是因为解放前它的资本家是从美国毕业并以美国方式来管理企业，因此是在"文明"的形式下进行剥削的。我接受了这个题材后，当即去东亚毛纺厂进行了长达一个月的采访，以便在采访原型的基础上进行艺术加工，适度虚构后以小说形式(有人物原型而非真名实姓)成书。

由于"东亚"离我的单位很近，因此我大致是早出晚归。在厂党委宣传部的支持下找了各方面的采访对象，包括解放前即在厂做工的男女老工人、资方代理人、企业管理人员，还有因被工头虐待而伤残以致被逼自杀的工人遗孤，等等。采取的方式一是个别采访(有的是到家里拜访),有时又是找几个人一起座谈。当时厂党委还派了一位业余通讯员、青年工人张素云同志帮我做记录,因而工作进展得比较顺利。

既然要写成纪实小说类的作品,在采访中,除注意故事情节的发展以外,对细节和不同人物的音容笑貌则更加注意。如当年资本家宋某的习惯着装、风度和言谈举止,厂里专用牧师的用语和嗓音,主要人物工人同志的身世和性格特点,工头和小爪牙们的行为方式,等等,与之同时,对车间、器物,发生重要事件的现场以及当时的厂训和告示等,也都做了实地考察。如厂训是以蓝色大字分列于大门两侧,曰:"己所不欲,勿施于人。"迎门处有二羊像,喻东亚的毛织品为"抵羊"牌,抵制洋货之谐音也。

一个月后,记录的原始采访材料达十几万字之多,回到单位加以梳理,然后理出故事框架,大致是以年代顺序作为线索,重大事件为起伏的浪峰,以人物带动情节发展,自三十年代初工厂草创至天津解放为止,历时十六七年,全书十万字左右。交稿后,以作家出版社名义出版(当时的人民文学出版社凡新书均以作家出版社名义,再版书以人民文学出版社的名义)。第一版为1965年秋,印数十万册,至1966年春半年时间即达六十万册。

当时"火"的程度和影响之大,出乎作者本人和出版社的意料,这本名为《文明地狱》的单行本中篇小说问世后,国内有十几家报纸加以连载和选载。如《北京晚报)在 1965 年至 1966 年之间,每天登载千字左右,时间长达三个多月;《人民日报》以整版篇幅选载发表,《河北日报》绘成连环画连载,中央人民广播电台全文播出,由北京人民艺术剧院著名话剧演员董行佶先生播讲(董于"文革"中不幸去世)。而且,当时国内许多重要报刊,如《文学评论》《光明日报》《文汇报》《大公报》等,都发表了评论、推荐此书的文章。如果说"轰动效应"的话,这可能是我的笔耕生涯中最大的一次"轰动效应"了。

尽管当时我很年轻,头脑却比较冷静。这本书之"火"在我看来并不意味着它有多高的艺术价值,或者说就是比我其他的作品水平都高,我并不这么认为。我觉得在很大程度上是因为符合当时的社会需要,与当时的政治气候、价值观念比较吻合。因为那时全国正在进行"社会主义教育",而资本剥削正是必须加以深刻认识和进行批判的,故而"水涨船高",也就是可以理解的了。

谁知这种意外的成功却引来了灾难性的结果。不久,史无前例的"文化大革命"风暴来临。本来《文明地狱》的轰动就引起某些人的"红眼病",运动以来便趁火打劫,大字报、大批判如排山倒海般地压来,作者自然无法幸免,我也随后以"美化资产阶级""大毒草的炮制者"等罪名而被批斗、拘留、毒打等,尝尽了"群众专政"的诸般苦头。

好在后来我与《文明地狱》都得以平反。1984 年,人民文学出版社再版了《文明地狱》，中央人民广播电台再次播讲了此书。但余绪尚存，1992年我访问英国，在一些大学的图书馆里看到英国出版的《中国文化大革命史》，其中拙著《文明地狱》在当时被列为"六十株特大毒草之一"。

从我为出书进行采访到《文明地狱》出版，已过去了五十多年，我仍未忘记那些辛苦而愉快的日子，未忘记协助我采访和为我热诚提供材料的人们，他们如今早已过"不惑"甚至已逾"知天命"之年，我绝不因后来所受的劫难而不感念他们。他们都在哪里呢？今生还会与他们再会面吗？

两本旧地图册

我曾拥有两本大地图册，一本是《中国分省地图》，另一本是《世界分国地图》，均为二十世纪三十年代初上海地舆出版社出版，当时国内顶尖的专家教授编撰，珂罗版精印。这两本地图册的编印风格和色调却有所不同："中国"的这本更为厚重，书页颜色较为柔和，多以黄、淡红、淡绿以及蛋青色为主调，而"世界"的那本则多以蓝、紫和橙色为主，看起来有一种不适的刺激感。加之我对国内地理比较熟悉，对世界地理相对陌生些，所以在很长一段时间里，我每天至少要挤出一个多小时趴在自家炕席上复习地理，翻看这本《中国分省地图》，并很快进入了着迷的状态。

这两本地图册有一段来历：1947 年夏天，蒋军大举进攻胶东解放区，我当时上初中一年级，为了备战，上级决定提前放假，让我们回到各自的村庄参加土改"复查"。在那之前，我已加入处于秘密状态的中国新民主主义青年团，村党支部便要我协助"贫困团""分果实"记账。一次在村中首富、地主兼资本家家中记账时，看见地上有许多书籍被人来来去去地践踏，心生怜惜，不由得拿起来翻看。农会会长老梁便对我说："这些东西谁都不会要的，你爱看书，就拿回家去看吧。"我自然心喜，拿了几本，其中就有上述的两本大地图册和几本天津言情小说家刘云若所著的《春水红霞》《燕子人家》等。

这本《中国分省地图册》的知识含量极为丰富，甚至在全国解放后的几十年间，我也没见出版如此丰厚精美的地图册。甭说别的，仅每个省份的地图附加的文字说明就有一二十个栏目，能折成几折，拉直了足有一庹长。以"民"字为例，就有"民族""民风""民性"等。譬如浙江省，"浙西民性比较文质儒秀"，"浙东则劲健强悍"。暂且不论是否精确，但详尽确是它的一大长处。又以"城市"一栏为例，河北省秦皇岛的小注为："北戴河，乃著名海滨避暑胜地，向负盛名，自开滦矿务公司开办以来，有更大发展……"还有我的故乡小港龙口，竟在山东省"城市"一栏中也占了一席之地，其注文曰："在黄县西三十里，民国初年欧战期间由华人自行开埠。民国三年（1914年）九月三日，日军三万余人由此抢滩登陆，掠夺财物，奸淫妇女，枪杀民众，并沿青黄公路自腹背进攻德占之青岛，为国耻纪念地。"龙口港作为"国耻纪念地"，我是第一次在这里读到的，在别处很少见提及此事。

作为原籍山东的我，对本省自然留意得多些。据此图中云，说山东有一百零八县，合乎"梁山泊"一百单八将之数。我未细数,不过据云在今之青岛的街道名称中,此一百零八县都在。在半个多世纪间,其中若干个县有的归并,有的撤销,有的划入邻省,已有很大出入。如黄河北侧郑板桥曾任过县令的范县划入河南,改变了山东西部的视觉形象。而在战争中及全国解放后新置的县就更多了。

就全国而言,对照当年的地图册,原东三省变化最大,几乎面目全非:如今之鸭绿江畔东段、今之吉林省数县原属辽宁;今之黑龙江省会哈尔滨属吉林省等。而在这七八十年间变异最小的应是浙江、安徽、江西、湖北、湖南、福建、青海、新疆、陕西、山西等省份,面积大大"缩水"者为宁夏。而由于原绥远、察哈尔、热河省被撤销,除大部分地区属于后来的内蒙古自治区外,河北省也"兼并"了原长城外的大片地区,但该省最南端的濮阳、清丰、南乐等地区划入了河南,原在黄河以南的东明划入山东省,河北省成为名副其实的"(黄)河北"。看来,行政区划的变迁在近几十年间是很大的。

随着时代的发展,许多概念也在发生变化。如老地图册在提到中国的避暑胜地时,只举"三山一海滨"为最著名:庐山、莫干山、鸡公山以及北戴河,当时就连青岛、大连等也未列入顶级避暑胜地。当然,青岛另有特别称号——"东方之瑞士",而哈尔滨是"东方莫斯科"。

综观这本大地图册,始终贯穿着一条爱中华爱国家的基线,"地大物博"这一传统观念是经常被提到的。但对照今天,那时发现的矿藏及其他对象还是比较老旧的。如石油仅有陕西延长、甘肃玉门等几处;煤矿较多些,但也只有东北之抚顺、本溪,山东之淄博、枣庄、坊子,江苏之贾汪,河北之峰峰,山西之大同、阳泉等处;铁矿提及的更少,除东北外,仅有湖北大冶,山东金岭镇等寥寥数处。但果蔬等物产分布较广,如山东之莱阳梨、烟台苹果、乐陵小枣、胶州大白菜、肥城和河北深县之蜜桃,还有浙江黄岩、江西南丰之蜜橘,等等。

地图册爱中华的意识有时还带有一种理想主义色彩,这表现在它对争议中的铁路和港湾的介绍。如对浙江三门湾和海南岛榆林港建设前景的畅想,关于拟建铁路线的标示等,似乎都意在鼓舞广大读者。就我的记忆,拟建的铁路线有济顺铁路(济南至河北邢台——邢台昔为顺德府之谓)、高徐铁路(自山东省胶济线上的高密至江苏徐州)、烟潍铁路(自山东烟台至胶济线中段的潍县)等。这些拟建铁路大都由外国公司投资兴建,可能是因为抗日战争爆发等原因,始终未见真的动工,因而图上均以虚线标示。以烟潍线为例,据我父母回忆,自民国初年即垫高了路基,准备了砂石,后来一直没通火车,倒是通了汽车。这条长达近三百公里的"汽车道"就在我村北二里许,传来汽车的轰鸣将近百年之久。以上拟建铁路中,唯在前些年修通了济南至河北邯郸的货运铁路线。

细究起来,这本地图册在某些说明文字的观点上也有不妥之处,反映出当时编撰者的思想局限。如在谈到南京时,说

021

是"洪杨之乱为害"如何如何;谈到赣南地区时,对当时的红色苏维埃也有某些微词。

我自幼酷爱史地,获此地图册后由于目视其图深记其文,在地理知识的积累上更见深厚,故而至今去全国各地,纵是县级单位,初来乍到也能对该地略知一二。如最近所去之四川叙永,知其为川、滇、黔交界处,有"鸡鸣三省"之称;去湖北南漳,知其地为司马徽(水镜先生)当日举荐诸葛亮、庞统处,有"水镜庄"在焉;去山东齐河,知其为昔日津浦铁路重要车站晏城站所在地……这些印象,皆与那本大地图册有关。

我少年参军,离家前曾将这两本至为珍贵的地图册搁在一个木箱内,置于厢房里,几年后回乡探亲,遍寻不见。痛惜之下,苦于无法找回,只有深深追忆而已矣。

少时的"画"

现在，作家兼学丹青者有之，兼操书法者则更多。"写字"，写好写差，一般人均可为之；而作画，画到一定水平却不可小觑。我自知在画画上绝非轻而易举，因此未敢造次下什么功夫，但对既为作家或诗人又兼擅画作者是羡慕的。我所熟悉的朋友中就有这样的全才。外省有一位小我"一轮"的朋友，他本是工人出身的业余作家。当年在我下放工厂时他就是一个技术不错的车工，后来又成为文学爱好者。近几年来，他在书法和画画方面又有了长足进展。前些日子，他与我通电话时顺便告诉说，他现在已是中国作协、书协和画协的"三协"会员了。我听后真的是佩服之至。

不过，要说谁在哪方面就是一门不门儿，就是完全的不行，恐怕也有点绝对化。说实在话，上大学时我除了文学专业课之外，业余时间对作曲还很"兴趣"了一阵子，曾试作了两首歌的曲子，在省市报纸上还发表了。但后来也不知怎么就完全疏离，只是蜻蜓点水似的"点"了一下。至于"画"，少年时

023

在老家也曾有过类似的经历,但还够不上明确的绘画艺术的尝试。

我的"画",一是画地图。那是1947年和1948年之交我正式参军之前,当时解放战争正炽,在国共相搏的战场上,有的犬牙交错,有的我军正转入了战略进攻阶段。从报纸上看,每天都有城镇易手,但总的说来我军收复与新攻克的城镇为多。当时,我已参加了试建时期尚处于秘密状态的中国新民主主义青年团,在故乡解放区担负了宣传等工作,其中有一项纯属我个人的爱好,即按照报纸上的报道绘制解放战争形势图。那时我能看到的报纸主要有两种,即胶东区党委的机关报《大众报》和另一种较为通俗的八开报纸《群力报》。我所画的地图分别为《华东战场形势图》《东北战场形势图》《华北战场形势图》《中原战场形势图》和《西北战场形势图》。敌占的城市插小蓝旗,我军占的城市插小红旗,反复易手者以此类推。我将这些形势图贴满了我住的西屋的两面墙上。在一段时间内,每天都要拿出很大一部分时间来画,依战争形势发展不断改变标示。可以想见,当我忙于"调整"战场态势时,确实耽误了我日常担负的家中担水、拾草、推磨等活计,自然引起我母亲不高兴。在敦促无效的情况下,她一时气愤,三下五除二将墙上的"形势图"统统扯下来,还没等我缓过神儿来,就塞进锅灶下的烈焰中付之一炬。我抢救不及,又不好与母亲理论,痛惜之下竟放声大哭起来。哭过之后,我沉思的结果是:再画!除了依母命干完了农活、家务,就抽空默不作声地画一遍,然后又依原样贴在墙上。看了看,好像画得比原来的更工整。

说来也怪,这次"风波"过后,母亲没有再撕再烧。在我和母亲之间好像达成了一种无言的默契:我理解母亲要我干活的苦心;母亲也深深懂得了我"画图"不可更移的意志。

我的"画"之二,是画窗花。连画带剪,同样是1947年和1948年,画了两个年头的春节窗花。起因是由于战争,早年卖窗花的绝迹了,可我母亲偏偏喜欢过年要有个喜庆的气氛。为了使她不失望,我愣是向她冒领任务说:"我来试试看!"但这时又需要材料,翻箱倒柜,找到了我大姐早年上小学时画图画用过的颜料小盅,有红、绿、蓝、紫、黄等,却没有白纸,战争年代,买都很困难。为此,我去了姥姥家,在她的厢房里,找到了外祖父当年在北平粮油店当账桌先生用的一沓白纸,画窗花的材料算是基本备齐。当我一试笔,居然并不觉得那么难不可及,几天时间,画了两套各六张窗花,而且都是难度较大的古典戏曲人物。一套是"水浒"人物,有武松打虎、石秀探庄、扈家庄扈三娘等;另一套是"三国人物",有单刀赴会、赵云救阿斗和"空城计"之诸葛亮等。当1947年春节来临时,我的作品贴在窗玻璃上,不但我母亲看后眉开眼笑,还引得东邻三妗母啧啧称羡,在1948年春节前非要我给她家画一套不可。于是,我又"超额"完成任务……

但不久，随着我参军离家，也最终结束了我的任何"画"的举动。可以说，刚冒了个头就缩了回去。

但在此后几十年间，每当遇到重要画展，我还是尽量争取前去参观欣赏。这说明在我的心里，始终希望领略美术的价值。对于音乐，虽然再也没有写歌和作曲，却始终没有放弃唱歌的爱好，只要有卡拉 OK 的机会，我总是乐于参与的，尤其对外国歌曲（不仅仅是苏俄）更是情有独钟。至于毛笔字（不敢妄称书法），因为少时上学练过几年大楷与小楷，总是有真正"书法家"的目标。哦，倒是有一点，那就是京剧，只因童年时在老家过年正月村里举办"同乐会"，得正宗票友教了几出旦角的唱段，参军后便多年未唱。近年来如外出参加笔会时，有知情者怂恿我唱上一段，偶尔也有献丑之举；并在两年前出版了一本《石英京剧艺术散文》，但也是业余之余的兴趣而已。正所谓："琴棋书画非本业，随性怡情皆自然。"

忆解放区的中小学课本

　　大约在八九年前，一次和朋友谈起我小时候在胶东解放区读书的一些事，有人问我："听说那时因为战争和土改，解放区的语文课就是教学生怎样写信，数学课就是教学生收公粮记账？"我回答道："怎样写信在三年级的尺牍课里就解决了，数学课有记账的内容，但绝对不是只教记账，代数、几何都有。"从那时起，我就萌生出写写战争年代解放区的中小学教学，尤其是中小学课本的想法，我想，这有助于今天的人们了解特定时期和地域的教育情况——时光过了近七十年，每每想起，别有一番情感自心底涌出。

　　我说的主要是文史方面。也许我所处的胶东黄县尚不能概括解放区全部，但具代表性。我县自古以来文风甚盛，民国以来新学更为勃兴，尤其是文、史方面，师资力量相当雄厚。日本投降后至全国解放，由于战争阻滞了水陆交通，许多在大城市尤其是在北平上学的大中学生假期回乡探亲，而后无法回返。他们在家不善农耕却又不能坐吃山空，华山一条路就是当教师挣口粮。我五年级时的班主任是北平名牌中学的高中毕业生,历史课老师是北大三年级学生,音乐课和美术课老师是省城艺专的毕业生,而地理课和自然课的老师是在上海和天津教书多年回乡赋闲的"大饱学"先生。他们教我们这些小学生,可谓小菜一碟,课本拢不住他们知识丰富的头脑,讲课时,学问像河水一般忙不迭地往外倾倒,我们这些孩子都竖起耳朵,瞪大眼睛,唯恐遗漏。有时,下一节课的铃声已响过,他们依然忘记走下讲台。那时的我们是幸运的——师资太优裕了,拥有外来的高才生和本地"大饱学"双料的知识滋养。

教师们尽管常常突破课本的知识范围,但我们总还是离不了课本。时过多年回头来看,我们课本的选材内容很可能远超局外人的估计,它绝不褊狭,编纂者的眼光相当开阔;它绝不走极端,而是很有兼容性。以我读过的初小四年级语文课本为例,我记得有关于本地内容的《抗日战斗英雄任常伦》,也有《大发明家爱迪生》,还有控诉鸦片之害的《害人的"大烟"》。再以五年级语文课本为例,有《抗倭英雄戚继光》,也有《瓦特发明蒸汽机》,还有《放牛娃画家——王冕》。六年级的课本里有《詹天佑和京张铁路》《八女投江》,也有《火车发明家司蒂芬孙》。后者提到了其人的家乡是英国的纽卡斯尔。多年后我去英国访问,当列车在这个城市的火车站停靠时,播音员长声播放"纽卡索——"我顿时悟到,自己已身临儿时课文里主人公的故乡，不禁心生感慨。课本中还有陈毅的《赣南游击词》（当时我们都称陈军长），有朱总司令赴太行抗日前线的一首七言绝句，记得最后一句是"此行当可慰同仇"，有游记散文《大明湖》和朱自清的代表作《背影》。我由此记住了历下亭的楹联为湖南道州书法家何绍基所书，记住了《背影》一文后面的注：朱自清，字佩弦，江苏扬州人。

今天看来，当年课本的编纂者除了颂扬革命者和民族英雄之外，也很重视对中外科学家和发明家的推介，我想，他们的眼光大概已展望至战争结束之后，企望祖国有一个科学发展、走向富强的明天——为此他们并不"排外"，早就为莘莘学子"引进"了域外的科学信息。

1947年至1948年间，我在故乡读了一年半多的初中，中间还经历过蒋军侵占我县的七十二天。就在这一年半中，我感受到当时解放区两年制初中学业"压缩饼干"式的丰实。

记得初中一年级的语文课本中，有《八路军梁山伏击战》，也有鲁迅的《社戏》，还有写五岳之首的《泰山》，从这几篇课文中，我知道了鲁迅的名字叫周树人，知道了登泰山时人工抬送的工具叫"兜子"。初中语文课本已经很注意古典文学的渗入。记得有李绅的《悯农诗》、孟浩然的《春晓》、韩愈的《早春》、柳宗元的《小石潭记》、苏轼的《记承天寺夜游》、刘基的《卖柑者言》，还有《老残游记》中的"白妞说书"一折，等等。至于与解放后的课本相比孰深孰浅，因我后来参军，未缘读过后者,不敢妄做比较。

历史课本不完全按时间的顺序分章,而是大致根据朝代更迭,以"点"设置课文,如周朝的《普天之下,莫非王土》,春秋战国的《诸子百家》,汉初的《泗上亭长与楚国贵族》(指刘邦与项羽),晋朝的《八王之乱》,南北朝时期的《五胡乱华》。唐代有两课,一是《尽入吾彀中》(大致如此),说的是唐太宗李世民为振兴科举,与魏征于长安城头观看天下举子纷至沓来,心情自得;另一篇是《安史之乱》。宋代有一篇是《杯酒释兵权》,明朝的一篇是《于谦保卫北京》,明清之间有《吴三桂献关》和《扬州十日,嘉定三屠》,清朝中后期有《太平天国和义和团》《甲午战争与马关条约》。综合感觉是:重心不在颂扬帝王功业,反而对他们的统治术与腐败现象有所批判;颂扬民族英雄和仁人志士;对农民起义有所肯定,但对他们的致命局限并不隐讳;对汉奸卖国贼和侵略者的暴行深恶痛绝毫无保留。

地理课本可能由于容量有限,是"压缩捆绑"式的,如:《北平和天津》《成都与重庆》以及《长江三角洲》《珠江三角洲》《山东半岛和辽东半岛》,等等。光复后的东三省,采用的是国民党政府重新划分的东北九省体制,由于觉得新鲜,我对九省的名称记得很熟,如松江省省会哈尔滨,合江省省会佳木斯,辽北省省会四平街,辽西省省会锦州等。还有,尽管课文篇幅较短,但对于重要的地域,并不乏点睛之笔,如北平，说"前门外大街乃全市商业精华所萃"(当时未提王府井)；也不排除细节，如涉及大西南的课文，说"川马小而劲，能负重登山"云云。

这些课本皆由胶东行政公署(简称行署)文教部门编纂。在战争时期的艰苦条件下，解放区的学者和工作人员以相当开阔的眼光和学识水平，满足了数以百万计的中小学生之所需，尽管课本看起来比较简陋，亦难能可贵。不论他们是否在世，我都心存感激，对前辈老师永怀敬意。

说不尽的我与《新港》

二十世纪六十年代初，我写了一首名为《傍晚出新港》的抒情诗。也许真的是一种缘分，1961年9月我自天津南开大学中文系毕业后，即分配至天津作协《新港》文学月刊诗歌组工作。一直到"文革"之前《新港》休刊。在几年的编辑工作中，确与《新港》有着很深的感情。倏忽之间，迄今已近六十年之久，忆及当年种种情事，不禁感慨系之。但似不必面面俱到，仅就几件印象深刻的事尤其是当时的历历情景记其精要——

"天津一日"征文与《马蹄湖畔》

这是我毕业前夕尚未分配工作时发生的一桩有趣的事。1957年春，《新港》刊出了"天津一日"征文启事。当时我正在南开大学中文系上一年级，看到这则启事后，我也跃跃欲试，但也心中没底。经过一番踌躇之后，还是冒昧地写了一篇散文,名曰《马蹄湖畔》,两千四五百字,内容是由本年"五四"共青团正式建立联想起解放战争年代中国新民主主义青年团在陕甘宁、晋察冀、胶东等解放区试建,我秘密入团的情景。特别是在国民党军进攻我的家乡,有的团员小战友牺牲的惨烈,更觉今日胜利来之不易。这些,都是通过我与同学在校园马蹄湖畔谈话时回忆而出的。

也就是这年"五四"以后,我班的几位爱好文学的同学,出于对文学刊物编辑部工作流程的好奇,去《新港》编辑部参观访问。编辑部同志热情地接待了他们,向同学们介绍了工作程序及投稿事宜。我班同学回来与我闲聊时,说我们中文系有一位名叫"石英"的作者的一篇应征散文被选取,而且已决定六月号上刊出。我当时为之一喜,肯定是我应征的那篇《马蹄湖畔》,但我还不敢断定会发表,否则只能是空欢喜一场。同学之所以不知这个"石英"是谁,是因为这是我首次使用的笔名(我原名石恒基)。

又过了一个月,我果真收到了《新港》寄给我的六月号。《马蹄湖畔》已在六月号"天津一日"征文栏目中发表出来。这是我生平第一篇真正可称之为"散文"的作品。也巧了,不久之后,我的第一首诗在《天津日报》文艺副刊上发表,也是"石英"这个笔名在正式报刊上第二次出现。同学们从此便得知"石英"就是我。必须说明的是,这首名为《小马枪》的短诗并不是我主动投寄给《天津日报》的,而是日报文艺部的编辑同志来中文系墙报采风时发现并抄录回去发表的。当时中文系的纸质毛笔抄写的墙报在全校很有影响。

自那以后,我在南开上学时即开始业余文学创作,除诗歌和散文外,在大学五年中,还出版了文学传记《吉鸿昌》《不灭的火焰——马骏传》,还有与范之麟合著的《五四运动话天津》。

非常巧合的是,我正式从事文学创作的第一篇散文是在《新港》发表的,而我大学毕业的第一个工作岗位也是《新港》(我上大学前已在军内和地方党委从事机要工作八年)。

围绕着纪念雷锋的紧锣密鼓

1963 年春天,毛泽东主席题写了"向雷锋同志学习",在全国掀起了学习雷锋的热潮,作为全国重要的文学期刊(当时中央有关领导部门批准:在文学刊物中《人民文学》《上海文学》《新港》可以出口,即被允许在国外发行),当然要闻风而动,担当起应负的责任。3 月间,本刊的常务副主编(亦可谓执行主编)万力同志向编辑部全体同志提出:一定要旗帜鲜明地响应毛主席的号召,积极宣传雷锋的光辉事迹,尤其是以诗歌形式更为合适,更为得力。

为此, 万力同志还向我交代了任务:尽快向国内有影响、质量有保证的诗人约稿,争取在最近的一期(五月号)发

表一批诗歌。

当时的通信手段极其有限,打电话都不现实。编辑部有一部电话,多用于市内通话,极少用于长途;而且外地的作者大都没有电话,无法沟通,唯一的手段就是写信约稿。我当即连写了十几封约稿信,记得有李瑛、蓝曼、纪鹏、雁翼、苗得雨等。但因邮路往返需要时间、诗人需要蕴思等原因,等了半个月亦很少接到来稿。有的诗人先来信说:"正在写。"倒是收到了一些自投稿,质量又不如意至少不能做重点稿用。而五月号发稿在即,编辑部主任劳荣同志反复地对我说:"留了两页版面,就等着诗稿啦。"万力同志也里外屋踱步,最后他决定不再等来稿,绝对不能等到下一期。于是他对我说:"你不是在部队干过吗,那你就动笔写一首吧。"因为时间仓促,我深恐写不好,他见我犹犹豫豫,又说:"不要紧,急就章不见得就写不好。""急就章",三个字给了我启发,因为万力同志有时代表编辑部写的一些引导性文章,通常用的就是"吉九章"的化名。结果,我经过几度修改,写了一首《"雷锋号"汽车在中国大地上奔驰》,五十余行,在1963年五月号上刊出。

在此后的几期中,刊物也陆续发表了一些讴歌雷锋精神的诗歌。至今五十余年过去,那些诗篇的许多作者都相继辞世,雁翼、蓝曼、纪鹏、韩笑等,有的因年老体衰重病在床,让我不禁心生悲思与遥感之情,叹岁月何其匆匆!

编辑部常客与"支柱作者"

在一个相当长的时期内,本刊连载梁斌的长篇小说《播火记》和孙犁的《风云初记》(修改稿和续作)。因此,梁斌与孙犁也就成为编辑部的常客。尤其在校对大样的过程中,他们自己和编辑同志都愿意见面以便遇到要交流的问题随时解决。劳荣同志看大样很细心,常说:"发现错字像逮特务一样,一不小心没准就漏网了。"

有时作者本人,特别是梁斌,在看大样当中还时不时地改动个别字句。记得有一次他问我:"你们老家在这种情况下怎么说?"我看了看,是"淹心的日子"。我说:"我们老家习惯说'糟心',不说'淹心',我觉得还是以你们地方俗语为准。"他"嗯"了一声说:"那淹心就淹心吧。"

时间长了,人也越来越熟。我对这两位前辈常客的性格也有了进一步的体察。梁斌同志个儿不算高,但看起来很敦实,总的来说相当豁朗。他一上楼,我在最远处的编辑部最里屋(办公室兼卧室——因我家在北京)就能听到他那浓重的冀中口音的说笑声。他习惯手持一根粗短的手杖,但极少见他拄过,只是配合着他的脚步显现出一种别样的潇洒。而孙犁看上去身形有些顾长,面容端正而温文。我初见他时,以为他是不苟言笑的那种,接触稍多,便知其实不是那样,当谈话中触到开心之处,他笑得也朗朗有声。梁斌同志平时穿着相对随意,他的气质总是给我以双重的感觉:一方面当然是一位作家,而且是一位大作家;另一方面,我又强烈地觉得他是一位见过世面又远行归来的老革命干部(其实起初我对他的人生阅历并不十分熟悉)。后来,印证了我的感觉是大致不差的,而孙犁同志在与我闲谈时,让我觉得他的人情味很浓。当他得知我是山东人之后,他饶有兴味地追忆起他对山东尤其是济南、青岛的种种感受。他说他在济南时,游览了大明湖、趵突泉等名胜,他津津乐道何绍基题写历下亭的书法,尤其是在寻访《老残游记》中白妞说书的故址,啧啧赞赏作者的叙述语言和白描手法。我印象最深刻的是,孙犁同志在提及作者时,不称其名刘鹗,几次都称其字铁云:"刘铁云的语言文字很了不起。"我想称其字而不称其名,足见他对"老残"是很看重的。由此,也使我联想到孙犁的语言风格。孙梨对他曾经的休养地青岛尤深怀好感,如数家珍般地说到八大关一带的情景。谈话间每每面现沉思状,好像有言犹未尽之意。

对于梁斌、孙犁的作品给予刊物的支持,从万力同志到编辑部许多同志常常流露出一种自豪感。记得万力说的是:"很给我们的刊物壮门面。"有的编辑同志以天津话表述:"很抬点儿。"

当时,我们这些比较年轻的编辑往往称孙犁、梁斌是"老作家"。其实现在看来,他们都是年在五旬左右,应属中年时段，正是人生阅历和艺术功力的成熟期。只可惜仅在几年后就碰上了未预料到的"文革"。

部长、主席兼主编的动人报告

方纪，当时任天津市委宣传部副部长、天津市作家协会主席，又兼《新港》文学月刊主编。在我还在南开读书时就听高我一年级的同学说，方纪曾应邀来中文系讲过课，很受同学们的欢迎。来《新港》工作好长时间，也没见到我们主编的身影。但常听编辑部的老同志说，方纪同志很有风度。

后来，主编每隔一段时间便来编辑部一次，印证了同事们的说法。我的印象是，他穿大衣（包括风衣）的时候多，言谈举止风致非俗，偶尔也与他攀谈几句。有一次，我向他请教诗歌方面的问题，他淡笑着回了两句："这还真是出了个难题，我已经疏离诗歌很久了。"

原来，近一段时间，他因为小说《来访者》等作品正受批评，不论是作协还是刊物的工作，他都很少过问。编辑部里的一位老同志对我说："方纪写散文、诗歌没问题，但一写小说，往往就会惹事儿。"他当时没说什么原因，我心里琢磨，可能是他的小说接触到人性深层的缘故吧。

这之后有一段时间（自广州戏剧工作会议后），气氛好像有所缓和，方纪被上级作为对外文化交流的成员，参加了几次由白羽、杨朔、韩北屏为代表的出国任务。我所知道的有印度尼西亚、蒙古等国家。而且他还写了一篇访问蒙古的散记，发表在《新港》上。这是我看到他最新的一篇作品（题目忘记了）。

说是"散记"，我读之感觉却非同一般，还是他既定的风格，如同收入中学课本中《挥手之间》那种风格。那时我当然未去过蒙古，但作者的笔触却仿佛引领我乘汽车长时奔驰在沙丘起伏的蒙古原野，听到蒙古废弃了的故都哈尔和林在历史的废墟中喘息；白云朵朵与沙坡的片片羊群仿佛在贴近絮语。也怪了，一篇看似普通的散文历经半个世纪至今难忘。

过了一段时间，可能是文联或是作协的安排，由方纪同志为全市文学界同志们作访外报告，就在当时名为文艺俱乐部会议室内（位于劝业场附近新华路上）。那天来的人很踊跃，气氛不错。报告人的精神空前的好，他主要讲的是在印度尼西亚访问的见闻，说是到处都感到当地人民和华侨对中国来宾的热情，他们代表团天天都沐浴在友好的氛围中。

当时我们听罢报告走出会场，编辑部几位女同志评价："我们主编的报告就是不一般。"

二十世纪六十年代中期，政治空气增浓，国内有的刊物暂时停刊。《新港》一度还在犹豫观望。在最后一两期刊物编排时，领导提出将已决定刊用的稿子尽量上版。我记得在诗稿方面，发表了一些比较年轻作者的作品：本市的有白金、柴

德森等,外地的有官玺、龙彼德、元辉等,作为另一种形式的
"临别纪念"。

　　《新港》终于休刊后,作协的绝大多数同志随主要领导赴
河北霸县参加"四清"运动;少数同志——我、韩映山与作协
办公室的王树人等在天津文联党组副书记孙振(雪克)带领
下,去汉沽盐场蹲点写场史。而这时在全国范围,一场史无前
例的"文革"风暴正在酝酿爆发!

第 二 章

前贤的启示

建安 SARS 与"七子"

不久前,从央视上看到一则病理学信息,说某医疗科学部门经过多年探索和实验,确定蝙蝠为一种病原体的传播者。这种病原体与十几年前曾经流行的 SARS 病毒虽未必相同,但疑似有相近的序列。此信息不禁使我联想到东汉末建安二十二年(公元 217 年)流行于中原大地的一场"瘟疫"。原因是根据我在二十世纪六十年代去许昌一带访查所获得的建安年间的"瘟疫"症状,颇有点 SARS 的气息,故而喻称为"建安 SARS"。

笔者于 1961 年秋自天津南开大学中文系毕业,分配至天津作协《新港》文学月刊做编辑工作。每在星期日,喜欢独自外出旅游,考察了解在大学学习时存疑未解的问题以及自己感兴趣的历史人物。其中之一就是建安年间那场肆虐中原的瘟疫。我不是医务工作者,当然不可能是一般地研究古代的疫情,而是关注公元 217 年的那场瘟疫,竟夺走了建安七子中四子的生命。他们是王粲、刘桢、应玚和陈琳(另外三子中孔融已于208年被曹操杀害,阮瑀死于212年,唯余徐干,也于次年去世)。为此,曹丕因数位"文友"的失去而深感哀伤。读者不会忘记,此前曹丕还曾在他的著名文论《典论·论文》中评点过世者的文章风格。而几乎一夕之间多所损折,能无恸乎?

当时我是在周末(星期六)傍晚乘火车南下,次日上午九时许在许昌下车,在许昌站不远处的一个街道办事处,贸然地向办事处的同志说明来意,并出示杂志社的工作证。那个年代接待者对突然来访者并无重重疑虑,对方非常和气地表示理解,并联系了当地他们熟悉的一位王姓老者。这位老伯已八十一岁,但精气神很好,腰板挺直,说话底气很足,他对我提出的问题也很感兴趣。老者说他的祖上就是行医的,年代虽久,但辈辈传承,千年往事如在昨日。我问他是否也在行医,他摇摇头笑说自己过去是教书匠,也懂些医道。办事处的工作同志在一旁插话说,老人还作诗,自己编了一个集子。出乎我意料的是,这位耄耋老者竟脸红了,他连连摆手说:"我写的那些都是老封建的玩意儿。"原来,他写的是旧体诗,在那个年代,普通人是极少写旧体诗的。他不好意思地说,自己写不了新诗。

不过,一进入建安瘟疫这个正题,他便侃侃而谈——

他说,根据辈辈相传的说法,那场瘟疫是一种"热病"。其症状是高烧不退,"憋气"甚至"喘不上气来"。病来得快,人走得虽不像霍乱那么快,反正也是很急的。记得当他提到霍乱,我还问过老人一句,是不是霍乱病呢?他说症状不太一样,霍乱主要是上吐下泻,最后脱水;另外,病的流行季节也有差别。不过老人又补充说,反正在我们这一片是这样的,别的地方是咋样,还说不准。他说,那年这病的流行范围很不小,从现在的河南一直到安徽、山东的部分地区。当时这些地方本来就战乱频频,加上疫病流行,死的人成千上万。"建安七子"除了是文人外,还都担任不大不小的官,也未能幸免。老人讲到这里,我还曾插问他,曹丕也在许都,他没有染上?记得他带着调侃的口吻回答说,他是世子嘛,条件优越,可能抵抗力强吧。再就是病毒还没有侵入内宫吧。老人接着又联系到才子曹子建,说,曹植比他哥哥还多活了六年,他是死在你们山东东阿的。我当时暗自惊叹老人的记忆力,因为一开始交谈时,我就对他讲过我的籍贯。

当我们提到我的另一个老乡徐干("七子"中其他山东籍者为孔融、王粲、刘桢)时,老人又补讲了一个故事:徐在许都本已染病,但为了回乡探母,他还是带病启程赴北海(今潍坊市西南);回乡后得遇高手郎中调治,病情已见好转,但他作为五官中郎将,许都有事催他回去,途中风霜劳顿,好歹延至次年初春即病逝于许都,至此"七子"尽殁。

与老人告别时,我问过他原籍。老人说他原是鄢陵县农村人,"那是个古地,春秋属于郑国。全家后来才迁到许都"。不错,他说的是"许都",可能是说惯了嘴,也说明他对汉魏历史印象之深。

这件事至今已过去半个多世纪,想必老人早已辞世,我尚在。近年来,每当我想起"建安七子",心中便不由得涌出《七哀诗》中"西京乱无象"(王粲),《饮马长城窟行》(陈琳)中那些悲凉怆然的诗句;又为建安年间那场瘟疫几使"七子"尽殁于此劫而痛。谨以此短文为一千八百多年前的先辈"文友"深表悼念之意,并进而联想到关于战争、环保以及防疫健身等新世纪中亟须正视的重大课题。

李商隐诗歌的"绵密"美学

"春蚕到死丝方尽,蜡炬成灰泪始干。"

这是李商隐(字义山)作品中最为人熟知的诗句,也是古今千百万读者最能触动心弦产生联想的名句。尽管出自于他的一首《无题》诗作,自古至今一直被揣摩被探究其所指,但一般人还是认定是写爱情双方因环境不遂而相互思念甚至煎熬的精构之作。其实,且不说李商隐的诗作也不止此一首达到脍炙人口的程度,仅就此首诗而言,其佳句也不止此二句,例如颈联"晓镜但愁云鬓改,夜吟应觉月光寒"亦为情境交融,细致深切的典范。

半个多世纪前我在大学中文系读书时,对李商隐的诗歌艺术就很欣赏,与我抱有同感的还有一些同学,但在当时的历史条件下,所有"伟大""杰出"的评语都加在李白、杜甫、白居易这些大诗人的头上,就连苏轼这样才华卓著的"全才"在总体肯定之余也还认为是"有局限性"的,至于李商隐,在当时的讲义和新编的文学史中,一般都认为其作品存在感伤情绪,在艺术表现上过分注重语言文字的营造而有欠洒脱舒放,等等。类似的"缺点"被指出,应该说是不无道理,但并未因此而完全改变对李商隐诗歌艺术独有特色的重视。而且,有一点是必须尊重的原则,即有的诗人和作家再伟大,其思想艺术风格再值得推崇,也不可要求所有的诗人与作家都丢弃自己的风格向某个山峰"一律看齐"。从幼时到现在,我对任何一个诗人(包括李商隐)也还够不上进行过集中的专门研究,但对有的古典诗人和作家在心目中保持着特别的注重与相当程度的琢磨,李商隐无疑就是其中的一位,这中间,我还应邀参加过在诗人的家乡河南沁阳市举行的李商隐研讨会,会后发表过一篇《李义山诗作析》。当然,如前所述,我始终不是一个李商隐诗作的专门研究者,文章还大抵是简要感受而已。

但我相信,对这位接近晚唐的诗人的理解是逐步深入的。

李商隐的诗风离不开他生活的那个环境;换言之,他的生存处境脱不开那个具体时代对他的限定和挤压,他仅仅四十六年的一生始终在封建统治者、官僚集团的相互倾轧与所谓党争的夹缝中忍受和挣扎;虽也担任过幕属一类的小官,却到底也得不到起码的伸展,仕途的不得志与情感上的压抑,却唯有诗心的蠕动、文字上不厌其烦的组合缓解了无尽的紧张,暂时冲淡了焦虑的浓度。他多半不是那种能忘掉钻心的苦痛而放声高歌者,也很难完全为自己松绑而一味追求醉态欢乐的逍遥家。无论是面对仕途处境,抑或是感情生活,此君无不用心太重。总是郁郁地喟叹："刘郎正恨蓬山远，更隔蓬山一万重""春心莫共花争发，一寸相思一寸灰"。低沉、灰色调，难怪在近六十年前"大跃进"的时势下读这样的诗显得多么的格格不入！尽管是古人之作，对现实中的人们也不会有任何的鼓舞作用。然而，那时候还是有点以偏概全，少了些耐心的辩证分析。其实，如果通读现存的义山诗就会发现，虽然许多诗作表现上是有些灰色调，但灰而不冷，甚至灰也不涩，有的作品也不乏热切和柔暖，读起来还是很舒服的，如《夜雨寄北》中的"何当共剪西窗烛，却话巴山夜雨时"，《二月二日》中"新滩莫悟游人意，更作风檐夜雨声"等，总之，他的低抑也罢，柔暖也罢，都不是无病呻吟，而是诗人在不同情况下的心境写照。

过去，人们对李商隐某些比较悲观消沉格调的诗作进行评论时，多是仅扣他个人的境遇归之于一己内心的苦闷。这应该认为是不够全面的，实际上，这位诗人的社会触角是非常锐敏的，有一种预感时代风雨的潜能，一个最简单的情况往往被许多人所忽略了，别忘记，他辞世距离那个赫赫的"大唐"覆亡才只剩下四十九年（距黄巢起义军杀入长安才二十三年）。最典型的感应是他的五言绝句《乐游原》："向晚意不适，驱车登古原。夕阳无限好，只是近黄昏。"以往人们只是偏重于日暮黄昏情景喻个人命运与时势的衰落。其实，不仅是抽象的命运，而且具体到"大唐"的寿命离终结已将不远了。

莫要低估这位平日似乎多沉心于个人命运和感情生活、追求艺术素质的诗人，人家毕竟也做过节度使府书记、检校工部郎中等官职，对高官尤其是藩镇之间的争斗和巨大消耗有着深切的体会，对唐王朝这棵大树掏空到了何种地步也几近心知肚明，纵然自身的躯壳或将不续，但赖以生存的"大树"同样也将枯死。从某种意义上说，都处于黄昏日落之时，无以挽回。

我还记得在几十年前那个时代，包括一些"专家"对义山诗的消极负面还认为：不适当地爱用典故与过分修饰词语，便使诗作变得晦涩，使人不易看明白。表面上看，这好像是义山诗的一个缺点，却未得深究他为什么要这样。是一种癖好吗？其实未尽如此。如前所述，他毕生志未得伸，心未得舒，在幽狭的夹缝中有时甚至不得不小心翼翼，却又爱诗如命，不仅能借此品之如饴，且可多少散发胸中某种积郁。无奈，只能用典权做精神之替代品，借彼喻此，以便减少麻烦，不得已之用心痛切可见。至于"过分修饰词藻"之说，也要做具体分析。不错，确是下功夫修饰了，过分了吗？与别的哪位诗人比？其实在文学创作中，不同风格的作家和诗人有时是不大好比的，此作家之长恰为彼作家之短，就看这最突出最鲜明的风格应做何客观公正之评价了，万不宜以某一名家甚至大家作为万能尺子进行绝对的衡量；更不宜以审评者的个人爱好而扬此抑彼。以今天的眼光加以审视，写古体诗词酷爱用典肯定不应提倡,但精于修饰词语却应具体情况做具体分析。具体到诗人李商隐,他的诗歌艺术非止一二点可取,而其中结构与词语均称绵密不仅是一种风格,而且可上升为诗歌美学或艺术体系亦不为过。

"绵密"一词的出处,可以上溯至南北朝延至唐宋的中古时代。大至精心思考之细致周密,所谓"用意绵密",小至文学艺术(包括书法)方面的柔和和紧密,所谓"下笔绵密娉婷"。总之都是与粗疏、松散、欠精美相对立的状态和资质。而李商隐诗歌艺术的绵密是表现在多方面的——

他精于构思,注重整体感,各部"构件"如铆榫紧密组接交错依存,相互牵动而严丝合缝、明朗、朦胧彼此协调务使强化美感。最经典的例证还是千百年来为人传诵的名句"春蚕到死丝方尽,蜡炬成灰泪始干"词语的精选妙用达到极致,用心却无琢痕,严谨不失协调。显然既是灵感所致,又是斟酌之功。

对仗一丝不苟。律诗中之颔联颈联常能结合,联成一体。如另一首《无题》:"扇裁月魂羞难掩,车走雷声语未通。曾是寂寥金炉暗,断无消息石榴红。"这首诗本是写路遇良人后的忆念过程,却依然格律紧密,因而显得质地很厚,不因是叙述过程而减了文字的密度。当然不可否认,诗人既想剖露心迹,又想有几分遮掩,以致读者在品其意时不能不说有点费解。尽管如前所言,我们应有几分可以理喻体谅,但也大可不必为一千二百多年前的尊者讳。

诗人的绵密还表现于善在对立和矛盾中强化语言文字的张力。如"夕阳无限好，只是近黄昏"。"无限好"的结果竟是"近黄昏"。"如何四纪为天子，不及卢家有莫愁！"一个当了四十五年皇帝的李隆基，竟保不住自己的宠妃杨玉环，在这点上，还不如一户卢姓的平民人家能保住莫愁女。在反差对应中增大了思想和文字的深度与密度，远远胜过平铺直叙的效果。

所谓"绵密"当然离不开作者在语言文字上所下的功夫。人言"语不惊人死不休"，商隐先生的性格，未必是追究表面的"惊人"，而是务求经得起当世以至后世的品味：一是要达到非俗之境，二是要久久还能品出深意。"来是空言去绝踪，月斜楼上五更钟"。"来与去"与"空言与绝踪"；"月斜楼上"与"五更钟"，无不是有声有形，有形有声。同是平常字，但这位诗人显然不甘心字意稀薄，而追求精度、厚度与密度，让人慢慢地耐心地品，而不是一时的惊人效果；"此情可待成追忆，只是当时已惘然"。读者尽可根据本身的经历和感受去品咂个中的滋味。

我之所以单挑李商隐诗意艺术中的"绵密"美学，还有一个重要动因，这就是它的现实意义。近些年来，文学创作领域的浮躁情绪，懒于下真功夫，"凑合""将就"，以粗鄙为潇洒，以口水诗为艺术的真实，加大了诗歌创作中的乱象。在这方面义山先生不论在任何情况下,在诗歌创作中坚持肯下功夫的求精精神,从不放松自己的艺术追求。"此去蓬莱无多路,青鸟殷勤为探看",探看什么?不仅是爱,也是好诗,在这方面,永不会"近黄昏"。

《念奴娇》玉成文赤壁

有人说:东坡一杯酒,浇出个黄州赤壁。此话听来似乎有点夸张,但其源有据,言之成理。

公元 1079 年(北宋神宗元丰三年),苏轼因所谓"乌台诗案"获罪,入狱被释后贬为黄州团练副史。闲来无事,心中愤郁,至江边赤鼻矶,见大江浩荡,不觉词兴陡起,乃吟成《念奴娇·赤壁怀古》。此词成为千古绝唱,亦为宋词豪放派代表作之一:"大江东去,浪淘尽,千古风流人物……"至今它仍为舞台上朗诵名家首选词目,可见它的艺术生命力是如何长久!

唯一可以挑剔苏子的一点是:他误将黄州赤鼻矶当成当日曹操和孙权(还有刘备)决战之地的赤壁(目前公认的赤壁鏖兵之地在同是湖北的蒲圻),因此他足足在这里感慨了一番。不过,也算歪打,如果不是东坡先生的这一误认,哪里还有《念奴娇》这首千古绝唱?哪里还有他的"一樽还酹江月",又哪里能浇出个黄州赤壁?

进而言之,如果不是几乎断送一代奇才的"乌台诗案",

东坡也许压根儿来不了黄州;而此祸酿成的这杯苦酒,洒在长江之中,却溅起千年碧波。至今我站在赤鼻矶,仿佛还能看见近千年前的大诗人临风吟咏的姿影:幻觉中,那挥师南下、不可一世的曹阿瞒,并不计较"樯橹灰飞烟灭",信手捻须露出爱才之意;而盛气自负、儒雅风流的周公瑾,也颇为赞赏苏词中"小乔初嫁了""雄姿英发"的对他的描写。他们一同涌出江心向晚于他们八百多年的诗人作揖,为了激赏后者的才华而甘愿以假当真。

如果说上述是出于笔者想象的话,那么近千年来多少士子和平民百姓宁可不谈赤壁鏖兵旧事,却争诵东坡的"大江东去";尽管有的明公指出东坡赤壁非真赤壁,但古今黄州道上的瞻仰者和旅游人仍络绎不绝。就这样,在人们心目中不由得逐渐形成两个并立的赤壁:武赤壁与文赤壁,而且在相当长的时间内,这个黄州文赤壁的游人恐怕并不会少于那个武赤壁。

这种非同寻常的名人效应,肯定是东坡居士生前始料不及的。

当然,如此强烈而持久、因一个人影响了一个地方名声的巨大效应,只有是货真价实、经得起时间验证的名人才会形成;否则,至少是不能持久的。从来是,伪名人热衷当时势利,真名人更重身后口碑;伪名人倾心于众人如何待我、捧我,真名人、重志节的名人却不能不考虑众人如何看我。他们不可能如某些后世的"潇洒派"所标榜的那样:自己想怎么做就怎么做,不要以别人(大家)怎么看我而活着。因为凡是真名人肯定明白:他不可能脱离众人而完全孤立地存在(尽管那时他还不可能上升为"群众观点");即使当他处境艰厄时也不可能变得毫无社会责任感。这就是为什么苏轼在若干年后被贬至海南儋州,与当地民众相处得那么融洽,而且至今还流传着许多与东坡有关联的佳话。举其要者,便有东坡为卖环饼为生的老妇人作广告诗;东坡在当地推广"普通话"(宋时官话);东坡介绍为民治病的"东坡黑豆";东坡用竹片编织而后流传开来的"东坡竹帽",以及东坡所凿的"东坡井",等等。

在黄州,东道主让我们尝一种酥脆甜香的炸米糕,然后说这也是东坡在黄州供职时首创而普及于民间的小吃,我没有进一步查考这一说法的依据,但数百年来人们宁可信其是而不信其非,便使这种小吃更加美味无穷了。

多少年来,有关赤壁之战的确切地点,不仅有东坡黄州之误认,也曾有武昌和嘉鱼之说,但今已确定为蒲圻。历史家的严谨和精确考据为此做出了出色的贡献。但对普通人来说,正如他们爱演义小说一样,也最喜欢演绎名人故事。在这点上,黄州很幸运,在这里产生苏词的《念奴娇》,从而造成了地为词兴,词为地注的效应。地非真赤壁,词却是真金玉。一曲《念奴娇》玉成了一个文赤壁,不亦为千古美谈?

谈陆游的生命观

这里所说的"生命观",尚不完全等同于我们常说的"人生观"。人生观应该说是更广义些,而且还包含着更多的思想、追求,对人生的价值观取向等问题。而我所指的"生命观",是侧重于对生命的认识,基本上属于生命科学的范畴,当然,它与一个人的人生观也有一定的关系。也就是说,是科学的、本体的,但同时,也有当事人对生命的认识以及如何支配自己的生命等因素。不过,我还是想就生命本身谈生命,不想扩及得太宽。

南宋陆游在他的作品(主要是诗作)中有一些直接或间接反映他对人的生命的认识和态度。最典型的,如他写的最后的一首诗《示儿》所云:"死去元知万事空,但悲不见九州同。王师北定中原日,家祭无忘告乃翁。"这里最重要的一点是"元知万事空",说明陆游在十二世纪与十三世纪之交的时段,即已明澈人死后不会再有意识,包括记忆和感觉之类,"万事空"嘛。八百多年前的他具有如此科学的认识,而且坦然面对,这是很不简单的。但人们可能又要说,既然已经"万事空",那为什么"王师"北伐成功收复失地之后,还要谆谆嘱告自己的儿子"家祭"时"一定要告诉我"? 这不是相互矛盾吗? 其实不然。因为,尽管在理性认识上是"万事空",但在情感上仍然至死不忘收复中原失地,这是作为伟大的爱国诗人一生最大的希冀。对他而言,是胜过一切的人生理想,故而他在临终前亦因看不到这一天为憾。那怎么办,也只有遗嘱于子辈:如果有那么一天,可一定要告诉我这个好消息! 其实,诗人何尝不知道这是不可能的,但仍然有这样一念精神寄托,典型地反映了作为一位既有科学意识又有丰富诗质理想的非凡人物的真实胸怀。但无论他的精神寄托为何,想象的空间有多大,仍然无可改变生命结束后"万事空"的现实。这能反映出作为一个头脑清醒的思想者和诗人理性与感性双重交叉的真实与"矛盾"。

其实,这种情况并不奇怪。我清楚记得我的老家作为一个秦置古县,许多人对于生死问题,或在不同观点中出现,或在同一个人头脑中交错并存。如一方面有人相信因果轮回——转生或居于另一个世界之类,而另一方面则坚定地认为"人死如灯灭",有点奇怪的是:有时同一个人这两种观点会在不同情况下自他心中流出。当然可能其中一个是主流意识,另一个是在特定场合下受影响的产物。至少我在故乡的十几年中,这种相互矛盾相互交错的现象都是或隐或显存在的。

而陆游诗中的这种表面上的"矛盾",其非凡处在于他不是萦萦胶着于自我,而是一种扩大与升华了的精神境界;不是哀哀于一己生命的丧失,而重在家国理想之实现。如此看来,一个人的生命观与人生观的确也是不能完全分割的,尤其对于像陆游这样并非只是追求"活着"即可兼得最大满足的传奇人物,更是如此。

可能为数不少的人都知道,陆游一生仅仅留下来的诗词之作即近万首之多,其中经典代表作和脍炙人口的佳句名句也绝非个别。这样既有庞大数量又有很高质量的作品是怎样创作出来的?他不但没有因为"写东西累死",而且活到八十五岁(公元 1125—1210),如按中国传统的落地即是一岁的算法,应是八十六岁,在那个年代,这实在应算是高寿诗翁了。高产与高寿之间,足可看出他是很会支配自己的年龄的。这种"支配",无疑首先得益于"正能量"的精神支持,拿现在的话来说,他的积极的人生态度,应该是起到了"提寿""助寿"的作用。在这方面,有太多他自己的"有诗为证"。他热衷投身军旅,参与抗金收复失地的战斗。"黄金错刀白玉装,夜穿窗扉出光芒。丈夫五十功未立,提刀独立顾八荒。"(《金错刀行》)这是他四十九岁时在川、陕军中写的,一派斗志昂扬的心态。即使当他被排挤回到山阴家乡时,仍然缅怀在军中征战时的情景:"楼船夜雪瓜州渡,铁马秋风大散关。"(《书愤》)以积极的态度对待生命,正确的方法支使生命,肯定使生命的每个分子处于被激活的状态,而不是在沉迷的状态下逐一消亡。西方学说认为,人的生命长度似乎在出生时即已大致注定,我们不能说是全无道理,但它的一尺一寸绝不是不能有任何伸缩的,其增减和增减几何与每个生命个体在后天长时期中如何具体地生活,其主观的与客观的生存条件,尤其是主观上怎样合理地支配自己的生命,肯定是有很大关系的。如上所述,陆游就是比较正确合理地支配生命的现身说法者(不是主观妄断,如果能较多地浏览他的作品的话,将会得出结论来)。

　　人生中有几多的不如意、不得意,有的人还要经受被伤害甚至遭到重大打击,等等。陆游绝对不是这方面的幸运儿,他自年轻时走向社会即遇到种种不顺乃至人为的迫害。举其要者,他曾遭到奸佞的黑手,被剥夺了功名,直到秦桧死后才能够参加政治生活。由于他主张抗金收复失地,反而遭到投降派的怨恨,一再地对他进行阻挠、贬黜,甚至加以莫须有的罪名,逼迫他回乡赋闲,等等。然而,他总能以达观的态度面对这一切,以坚韧不拔的意志,做到了不被气死、吓死与揉搓死。由于能够舒张宽解,力求"精神松绑",陆游自称为"放翁"。为此,有时难免看似有些自我解嘲。如:"衣上征尘杂酒痕,远游无处不消魂。此身合是诗人未?细雨骑驴入剑门。"(《剑门道中遇微雨》)从字面上看,好像诗人好潇洒,好轻松,其实这是他由陕西汉中至四川成都道上,胸中满怀报国不遂的郁愤,无奈中的另一番情调。在他之前,也有诗人骑驴的种种故事,但陆游却意在化重若轻,减了不少心理压力。他诗中显然在问世人:"这算得上是诗人了吧?"我们作为八百多年后的读者,应答:"是名副其实的诗人。"如果当时是他独自一人,那更是既有胆魄又有情调的诗人。其他的一切又当何哉?还有,他在不得已赋闲时,也很会做释放烦闷的有趣消遣,不论是精神上的还是举动上的。如:"小楼一夜听春雨,深巷明朝卖杏花。矮纸斜行闲作草,晴窗细乳戏分茶。"(《临安春雨初霁》)京城临安(杭州)短暂的客居,即将回到老家山阴,永远结束了"公职"的生涯,却还有这样闲适的情致品着细乳般的茶汁,在小纸上随意地写着草字,在经意不经意间,陆游又为后世奉献了至今仍为人品之有味的名句"小楼一夜听春雨,深巷明朝卖杏花",也许是作者当时未曾预料到的。所有的这些消解时间、支配生命、劳逸交融、合理运用,从心理学和医学上来说,都起到减压"排毒",以至转化为良性效应。在某种意义上,也是陆游生命中一个有机的组成部分。扩及开来,对后世养生心理也有启示性。《钗头凤》与沈园堪称陆游一生感情生活中的重大节点。这一悲情故事于我们中国不说是家喻户晓,亦可谓许多人皆详知之,在此无须多做赘述。一般来说,作为一双感情甚笃的恩爱夫妻被外力生生地撕裂,对夫妻双方造成的伤痛可想而知。后世人缺乏当时的具体感受得知陆游所承受的伤损,但绝对不可能是好受得了的。直到数年后他们在沈园不期而遇,陆游在墙壁上所题为《钗头凤》一词,便可证明他对唐婉刻骨铭心之爱及流露出的追悔之意。这次偶遇之后不久,唐婉即因伤痛而病逝,陆游虽在,但我们不能因此而推论他不及唐婉用情之深,因为不同的个体在基因、张力、抗刺激能力、自我调整功能等方面的情况有别。应知感情这宗东西,有的因深陷而遭重创,有的因坚实而升华,陆游大致应属后一种情况。他对唐婉的情,也升华为一种力量,一种对最美好象征的寄托。这样说,也是有诗为证的。这就是在四十多年后,当陆游又一次来到沈园,这时他已七十五岁了,想起当年在此与唐婉相遇的旧事,写下了《沈园二首》:

城上斜阳画角哀,沈园非复旧池台。

伤心桥下春波绿,曾是惊鸿照影来。

梦断香消四十年,沈园柳老不吹绵。

此身行作稽山土,犹吊遗踪一泫然。

不仅如此,直到陆游八十五岁死前不久,还写下了《梦游沈氏园》。这情感积淀如此之深,记忆之波如此绵长不断,说明对陆游而言,爱情之于生命也是一种崇高的寄托,一种助推生命的力量。因为精神注入了生命的意义,而生命不存情感便不再有附体,二者相互依存、相互助推,如此便不只是伤损,尚可化为生命中特具的积极因素。

其实,人生中任何真正美好的东西均应转化为一种力量,一种似虚幻却十分坚实的理想。皆因他"尚思为国戍轮台",当一个夜晚风雨大作时,他"夜阑卧听风吹雨",仿佛"铁马冰河入梦来"顽强心志产生的力量,想象亦成为寄托,理想给生命以坚韧的牵动,又使他活了十七年!

唐宋文人的忧患意识

有关唐代诗人与他们的作品在中国文学史上的地位,凡是具有一般文学知识的中国人应该是无不知晓的。唐诗作为中国诗歌史上所达到的顶级水平也少有质疑。尤其是它的思想内容、气魄高度和艺术造诣等对后世无不产生重大影响。

最近,当我重温唐代一些具有代表性作品的深层内涵时,我发现了唐诗的独特品性,尤其是较之同样是诗歌艺术的重要时段(如北宋)的作家和作品,应该承认唐代诗人的前瞻性、预感性和敏锐感都更胜一筹。这并不是说以前从来没有人感知此点,但当我对之做了更较仔细更较详尽的对比后,其不同程度和差异之点不能不促使我对它做了认真的探索和深层次的思考。

"盛唐",一般人在这一概念上几乎是固定的,难以撼动的。无论是就其幅员辽阔还是丰厚繁荣,也无论是经济文化的高度发展,及其在当时世界上的地位,往往都会引起中国人由衷的骄傲。甚至就连唐朝的第二代皇帝李世民,都被异邦外国推崇为"天可汗"，那应该说是无可企及的崇高称号了。然而，如果具体而言，唐代的这种隆盛无比并非是完全贯穿于整个约三百年中：并非完全是唐太宗"贞观之治"那样的大好局面，也并非都是唐玄宗李隆基那般的"开元盛世"。说实话，即使在所谓"盛唐"的时间阶段中，也并非像后世人们想象的那样事事顺遂。如李隆基时期，周边民族的军队咄咄逼人，竟打到离都城长安并不太远的今之甘肃平凉一带，朝廷上下已有东迁洛阳之议，汉族的带兵将领已有心怵之意，朝廷不得不起用少数民族将领哥舒翰当关护朝。许多情况都已说明，在安史之乱前，所谓的"盛世"在很大程度上不过是虚假的繁荣而已。以致当公元755年平卢、范阳、河东三镇节度使安禄山纠合史思明于范阳(今北京)举兵叛乱，当年即占领洛阳，接着又攻取潼关，哥舒翰惨败，次年又攻陷唐都长安。玄宗李隆基在兵将簇拥下仓促踏上蜀道逃至四川。这充分说明表面上强盛无比的唐朝军队实则不堪一击。后来几年，唐朝各路军马对残暴的安史叛军奋起抵抗，加之叛军内部的相互斗杀，至公元763年安史之乱基本平息，但经过近八年之久的战争破坏，"大唐"已元气大伤，迅速衰落下去。随后又是无休止的藩镇割据，唐朝的"一统"局面实质上已难以真正维持。尽管从表面上说幅员依然辽阔，但内瓤已空，后来的一百几十年仅是凭靠原来的老底艰难支撑。攻陷长安的黄巢大起义，虽则在884年被镇压下去，但唐政权的最后二十几年已名存实亡。在一波又一波的大动荡大激变的情势下，感受敏锐的作家(诗人)理所当然会在内心激起非同异常的波澜，也不可能不在笔下没有回应，我们大家想必对现实主义大诗人杜甫反映安史之乱中社会凋敝人生痛苦的际遇印象深刻；至于晚唐诗人皮日休在公元九世纪中直接投身于黄巢起义军，那更是人与诗的近距离参与。但这些我在此都不做细述，因为我的主旨在于探究那个时代中晚唐文人宏观上的感触、对前景的预见，尤其是对时代环境温度的体察，直觉乃至幻觉的毫发先知，从而进一步印证"大唐"这个时代仍有不同于其他朝代曾经形成的社会遗存和精神优势，印证"大唐"文人尤其是唐诗高屋建瓴的水准点与稍胜一筹的综合能量。而所有这些，往往能在一些最具有代表性的中晚唐诗人的作品中剥茧抽丝般地被检点出来——

"商女不知亡国恨，隔江犹唱后庭花。"这是杜牧(803—852年)七言绝句《泊秦淮》中的两句。《后庭花》本是当年陈后主钟爱的靡靡之音，可是正处于内忧外患无力自拔的唐王朝仍在以这亡国曲调来麻醉自己，毫无振作之意。才华横溢，触角敏锐的"小杜"由此更深感所处的时势已岌岌可危，那"霜叶红于二月花"的俊逸可爱的自然景象恐难以挽救尽在烟雨笼罩的座座"楼台"。可见这些在那个时代都无愧是绝顶优秀的士子，对前景的忧患意识是何其相似。

"溪云初起日沉阁，山雨欲来风满楼。"这是诗人许浑(唐文宗大和年间进士)的七言律诗《咸阳城东楼》中的颈联二句。云起阁沉,山雨欲来,似乎平静的表面,隐伏着揭天盖地腥风暴雨。天之祸虽已过去几十年,但更大的"山雨"或将不宣而至。故而诗人在本诗一开头即"一点高楼万里愁",是莫名,还是忧心忡忡,欲语还休?

"坑灰未冷山东乱,刘项原来不读书。"这是诗人章碣(836—905年)七言绝句《焚书坑》的后两句。经历过黄巢入主长安风扫残云又席卷而去的大动荡,诗人深知静无常静,安无久安,惊天之变虽无通告遽然而至,却也不是绝无预见。难道昔日的刘、项,刚刚过去的黄巢,都不是全无因果,全无音信可寻?而且,对于本诗作者而言,残唐之厦将倾,可能已可听到梁柱的吱嘎作响。难怪作者这时只是到处流浪,乃不知所终。

仅举以上诸例,便不难看出在中晚唐诗人的作品中显露的一个重要触发点。他们从不同角度,以不同方式揭示"大唐"在安史之乱后和藩镇割据之下难以疗治的痼疾,一种难以抗拒的垂暮生命期夕阳残照、风雨潜行,哀歌不绝于耳的征象。看得出这些有良知的文人心情也很复杂:一方面不能不含蓄而深刻地指出他们预察到的东西,另一方面自身也不是绝对淡然的看客。其实他们都有程度不同的责任感,在他们或吟胜景佳迹或抒内心幽情的同时,也不能不面对暮原夕晖、东楼凭窗之所见所感,表现出他们不同于一般人的诗人的敏锐触角和精准的预感。然而,他们毕竟是"大唐"时代的诗人，具有经过那个特定时代熏染磨砺出来的特具资质，秉有太深厚的土壤滋养与文化底蕴。因此，即使当他们预感甚至预见到眼前的时势已无复大动乱大破坏之前的辉煌，仍不是那种心胸狭小的哀鸣，仍然是一种气格高远的情调和大气练达的表达方式。一句话，仍是唐诗的总体气韵。即使是类似许浑和章碣这样作品所遗不多，似乎算不上唐代诗人最"火"的大腕，同样是出手不凡，佳句迭出。其实，他们也是诗智出众的高手。如许浑，他的作品在当时多为杜牧、韦庄等大家所称道。

除了上述那些比较直觉、比较具体的感应者之外，还有一种是更宏观、更深广、更具哲理性的感触。其实从本质上讲也是很现实的。例如，刘禹锡的一些怀古诗作，"山围故国周遭在，潮打空城寂寞回。淮水东边旧时月，夜深还过女墙来"（《石头城》）"旧时王谢堂前燕，飞入寻常百姓家"（《乌衣巷》）"人世几回伤亡事，山形依旧枕寒流"（《西塞山怀古》）。作者刘禹锡（772—842年），不仅是一位悟性极高的杰出诗人，而且是胸襟开阔、联想力超群的思想家；他的生命历程中，不仅深刻体察到安史之乱、藩镇割据对唐朝社会人生造成的严重恶果，还尝尽了本身参加王叔文改革活动失败后遭遇贬谪的种种。在某种意义上，他比其他许多文人对昨日、现实和明天的前景看得更加透彻，极具哲学家的广阔性、深刻性以及差别中的共同性。因此他的预感和预见较之他人更具宏观意味,超然意味,诗境的空间更大,也更加耐人寻味。从某种意义上说,昨天其实并未过去,无论是数百年前的三国,也无论是南北朝,一切一切可能还在演绎。"人世几回伤往事",而现实也许很快变成明天的往事。所以他的态度则更为豁达。正如他在遭贬回来的一首诗中云"种桃道士归何处?前度刘郎今又来"(《再游玄都观绝句》)。同样是对前景的感应,刘梦得的思维方式的确不同,也更具广义性。但有一点仍是共同的:还是大唐气度,还是唐诗的总体格调,遭贬也没有磨掉他的思想触角,没有消解他对社会人生的应有关注。

公元 907 年,朱温灭唐,开始了五代十国的局面;自公元960 年赵匡胤代后周,建立了另一个中国的重要王朝——宋(北宋)。公元 1126 年被女真族金所灭;赵佶之子赵构于南京(商丘)称帝,是为南宋(建都杭州),1279 年为蒙元灭亡,北南两宋历十八帝,三百二十年。

赵匡胤建立的北宋,如上所言,应该说是一个重要的朝代,也是一个一言难尽的朝代。其幅员在中国封建王朝中不算最大,却也不算太小,大抵是东到东海,南到海南岛,西南达今之四川、广西,西到甘肃;其尴尬在北面,仅及今之河北、山西中部。其疆土大部分是陈桥兵变"黄袍加身"后自后周政权那里接管过来的。随后又陆续攻取兼并了北汉、南唐等几个小国。但在北面碰上啃不动的硬骨头,这就是契丹和西夏,北宋不但向北突进无望,且面对虎视眈眈的敌方,只能在勉强保持三关以及白沟一线（大致在今河北省中北部霸县、雄县、新城等地）。如果说一开始就存在着近似残缺的遗憾有些过重的话，那么也是一种出于无奈的严重后遗症。故而称之为"一言难尽"。

北宋固然是中国历史上的一个重要朝代，却又是一个充满矛盾的朝代。一方面在国土大部分属于中国较良好的土地上推动了农业和手工业的发展，经济渐趋繁荣，而且还达到了那个时期所能达到的科技进步的水平。因此，经济与科技以及城市百业的繁荣，向为谈及北宋时为人所津津乐道。然而另一方面，北宋时期的阶级和民族冲突不断加剧，政治灰暗，官僚地主大肆兼并土地，权奸横行，几成痼疾。所以，有宋以来的繁荣在某种意义上是诸种矛盾一触即发的表面景象。张择端的《清明上河图》可以说是都城汴京一些角落的缩影。但作为画幅，当然不可能是北宋社会的全部和本质的气象。

北宋这个大唐之后的重要朝代，还是一个内忧外患均达到顶尖程度的朝代。尽管它中间也出现过头脑比较清醒的大臣和皇帝，也不是没有看到眼前堪忧的现实，力图部分地进行改革，强化某些措施，如当政最长的宋仁宗赵祯，支持王安石推行"新法"的宋神宗赵顼，都曾想有所作为，但或因积重难返，或因旧官僚集团阻力太大，或因外敌过于强悍，或因"主上"疾终等必然和偶然诸多因素，基本上效果不显。相反,负面的因素始终主导着有宋以来的运行轨迹,这就是对外屈辱退让,纳贡苟安;对内奸宠横行,加剧盘剥,统治集团日趋腐朽,各地反抗声浪此起彼伏。初期对契丹和西夏的抗战即鲜有胜绩(戏曲传说中《杨家将》尤其是女将们的一再"大获全胜"多属"好心人"说书唱戏抚慰人心的虚构)。自宋初太宗赵光义发动的高粱河(今北京一带)之役败于辽军之手,此后对外基本上处守势。真宗时为应对辽之大举进攻,在寇准力谏下率军征战,虽获胜,但仍与辽订立屈辱的和约,每年向辽缴纳银十万两、绢二十万匹,是为"澶渊之盟"(澶渊,今河南濮阳附近)。也许只有屈辱苟安才能保证统治集团、官僚阶层得到穷奢极欲、笙歌燕舞的基本条件。于是就有了真宗朝的伪造天书,虚构祥瑞,封禅泰山,美其名曰"大功业";广建宫观耗费资财无算。于是又有了哲宗(赵煦)的稚童登基,太皇太后高氏听政,废除新政,高氏死,哲宗亲政,又起用一批新党,造成不同的官僚集团间报复无已,朝政乱弛。于是更有了端王徽宗赵佶上台,这位被认为是书家画艺才子兼"蹴鞠"爱好者的道君皇帝,将江山直若儿戏,视千万百姓生命如他的"瘦金体"与花鸟画价值之什一;宠蔡京、童贯、高俅等人中巨恶为股肱至爱;为修极乐小世界"艮岳"搜尽花石纲压断役者的脊梁;当江南方腊、山东宋江等起事造反之时,正是这位只知快乐不知死活的风流皇帝穿越秘密地道与京师名妓李师师幽会之良宵。其先辈皇爷凭借岁贡讨好"北夷"得以苟安喘息，但到公元1126年，一个较之契丹和西夏更加凶悍的女真金朝于灭辽之后迅即猛扑北宋腹地，汴京危急，赵佶慌乱中生生让位于其子赵桓。此番金帛纳贡的招数全无济于事，金酋旨在尽掘宋朝老根而后快，悍金直逼汴京城下；一度退兵，但旋又复来。在这点上，此风流皇帝比之于三百多年前唐玄宗那个风流皇帝又差一筹，玄宗隆基及其护卫毕竟还能逃出都城长安去四川避难，安史再凶悍，也未直接伤及隆基毫发；而北宋末尾这一对父子，竟然连逃跑的本事也不具备，活活地做了金军的俘虏。女真军战果极丰，押送北上的队伍中，除徽宗、钦宗外，尚有宗室、后妃数千人，以及内人、内侍、教坊乐工、技艺工匠等，悉数无遗。至于金银珠宝，全部内藏珍稀物品，连同城中私家财物，尽搜刮一空。惨！从汴京到金之五国城，数千里之遥，啼饥号寒，受尽非人之辱，吃尽非人之苦，极惨！当年唐玄宗入川，尚能在蜀道上"剑阁闻铃"，这时宋徽宗步履长城残隘，又能听到什么？是胡笳的凄鸣，还是妻女的呼叫？其中就有他的后妃之一，后来的南宋高宗赵构的生身母，因不堪忍受膻骑兽性的凌辱踩躏而自尽。徽宗赵佶在五国城(今黑龙江省依兰)的八年中，也曾留下少量亡国诗词，但说什么也搪塞不了家国蒙羞含垢的黑洞。他病死后被金方烤其尸身以充灯油。至惨！对一个作孽者而言，固然亦可说是活该，而于人性世理金方则属于花样翻新的极度野蛮行为。遍观中国历史上朝代更迭,包括国主之不堪结局,莫如北宋结局之不忍翻卷者!

然而,就是这样的一个北宋,未料千年左右之后世,在某些人的心目中有了一种别样的感受,也不失为一种非常有趣和耐人寻味的现象。这就是近年来主要在某些文人圈内流行的"喜宋"倾向(当然主要是北宋)。他们认为北宋时代相对说来"国泰民安",社会环境比较平适,经济生活不错,尤其在都城开封和许多城市中,无不歌舞升平。州桥不夜,大相国寺香火甚盛,市肆百业兴隆,人人各安生理。他们最为羡慕的是,当时的文人处境也较好,创作比较自由,好像说自太祖赵匡胤那时就有此宣告:本朝不杀文人。苏轼"乌台诗案"中尽管犯了事儿,最后还是免死,"下放"至今湖北黄州担任团练副使(至少也能相当于军分区副职的位置),闲来写写文章,练练书法,仍然可以保住"苏、黄、米、蔡"宋四家的首位。再不济,贬得更远,广东惠州、海南岛儋州,在惠州时不是还有小姜朝云侍奉左右吗?所以,在今天的某些人眼中,苏轼不仅是"全才",而且活得很潇洒,特自在。我读到非止一篇写苏轼的女作者的散文,大致是"嫁人要嫁苏东坡"。此外,论潇洒自由,天马行空,有人还举出北宋词人柳永,这位叫柳三变的举子,在殿试中回答仁宗皇帝的话语不靠谱,惹得龙心不悦,从此,这位"屯田员外郎"官也不做了,漫游四方,哪怕是烟花柳巷,也为之作词,赚了不少的知名度。不是说当时"凡有水井处,皆歌柳永词"嘛。人们认为,正因为北宋时代文人的生活环境如此宽松,上下皆重文,才出了那么多的文学大家。唐宋八大家唐代才占两个,而北宋则占了六位,便是最好的证明(所谓"唐宋八大家"是指明代茅坤根据朱右、唐顺之说,编辑《唐宋八大家文钞》。此定位沿用至今)。

上述部分人的说法有一定道理和事实依据,但并不全面,有的地方还有些想当然。我这里并不打算就他们对北宋如此称心的评价一一进行分解,因在前一部分的文字中已用了不少篇幅列出了北宋这个朝代虽然很重要却带有重大缺憾的方方面面。我单就其中一点,即北宋文人固然大家济济,宋词成就很高,诗和散文也都有不俗的建树,但对照北宋那么沉重的内忧外患,特别是外患时刻都使它危若累卵。全面深入考察北宋具有代表性作家(诗人)的作品,与本文前面之唐代中后期作家(诗人)相较,便会发现有明显的不足。他们的宏观责任、居安思危的直觉和预见,对时势风雨的体察等,都缺乏唐人文学大家那样的锐敏、高屋建瓴的大气和一叶知秋的忧患意识。

更何况,北宋时应有的忧患较之唐代更加具体也更加迫近。"前事不忘,后事之师",唐代盛期发生的安史之乱,刻痕极深,前面提到的杜牧、刘禹锡、许浑、章碣他们都生长于安史之乱以后,但他们似乎都没有忘记这一刻骨铭心的剧痛,总是居安思危,充满忧患意识,并非个人得失,乃国家社会之责也。北宋前期的澶渊之盟(1004年)与安史之乱虽不尽同(前者是拥兵自重的本国节度使的胡人叛乱,后者是契丹辽国的入侵中原),但有一点是相同的,即都是处于战争状态的敌我双方。解决的方式也有所不同,前者是唐朝的各路军队起而抗击最终平定了叛乱,而后者是以屈辱的"和约"换来的暂时苟安。但事过后宋朝上下好像什么事也没发生,几十年过去,这些没有经历过此役乃至之后出生的文人,作品中似乎也没有留下什么印象,这与唐之文人也有相当差别。至于唐朝文人和北宋文人面临的时势前景可以下面所列对照之——

刘禹锡、杜牧、许浑、章碣唐代诗人在世时距唐亡大致是三十年至四十年,距离黄巢农民军攻陷长安约十余年至三十年。他们虽不能计算出哪年哪月发生了什么事件,但心中总是怀有深重的忧虑和不安,黄昏时分的"山雨"始终笼罩在心头,一声惊雷是迟早之事……

以下再列举北宋几位有代表性的作家(诗人、词人和散文家)为例:

周邦彦(1056—1121年),他被认为是北宋时期的一位词坛大师,调词遣句精道,且精通音律,做过大晟乐正(音协主席?)。其作品内容多是男女情爱缠绵欢愉或咏物之类,细腻而讲究。但对当时北宋面临的内忧外患,尤其是北方边患长期吃紧,疆土日蹙,朝廷的屈辱屡弱,几未涉及。在他生命的整个阶段,都是契丹、西夏的侵凌期,而且,东北方女真之金已经建国(1115年),他辞世之年,距金灭宋的"靖康之变"仅仅五年。公元十二世纪时虽无电报电话这类现代通信工具,但有关辽、金之类大的军政事件变动,还是能够传至南朝来的,像周这样触觉敏感的名家,作品中竟无反映,只能说是一种北宋式的疏离。

苏轼(1037—1101年),他在诗、词、文、书法等方面的"全才"素质与杰出地位人所多知,无须赘言,他还是词作方面的豪放派开创者和代表作家之一,内容从个人情感到人生感悟、社会触碰等方面均不缺席。但作为文学大家,国家、人民甚至生存的土地遭到无法避开的沉重挤压按理是应该有感触而常怀忧患的。当然在他的作品中,也偶有较具体的涉及,如"西北望,射天狼"《江城子·密州出猎》,但在此方面仍嫌不足稍感缺憾。应知,他辞世时距北宋覆亡的"靖康之变"也才不过二十五年,唯一能够体谅这位名副其实的大文豪的重要之点是,他后期遭贬多在遥远的南方,对于北方边患日炽已如天地之隔。

苏辙(1039—1112年),以诗文为主,亦被后世文人列入唐宋八大家。其辞世时距亡宋之"靖康之变"仅十四年,北方边防前沿已呈风声鹤唳之势,然其诗文中对此现实患象鲜有反映。

黄庭坚(1045—1105年),著名诗人和书法家,写诗偏重追求技巧，好奇拗硬涩之风；论诗提倡"无一字无来处"。他辞世时距北宋覆亡仅二十年，但其作品中对外势进逼的忧患亦几无反映。当然，他后遭贬谪，与主流社会迁离，或影响其对时势的关注。

秦观（1049—1100年），北宋著名词人，为婉约派代表作家之一，诗风柔细精巧，内容多为情爱与对人生景物的感应等，鲜有对国家社会忧患的关注和触碰。后期因受连累而被贬至今湖南与雷州半岛，而且因疾终未再回来，终时距亡宋之金兵越江南掠仅二十六年。

李清照（1084—1155年？），为我国历史上杰出的女词人，也是跨两宋亲历之见证者。生命的前半期生活条件优裕，读书、写作环境良好，平素吟诗作词才情得以充分发挥。"莫道不消魂，帘卷西风，人比黄花瘦。"赶上夫妻相聚时日，尚能对吟欢趣，不乏浪漫情调。不过，且慢！其实就在这个时间段，她所处的周围地域并不太平，宋、辽在今河北中部摩擦不断，对垒经年，"边界线"犬牙交错，推拉进退，从未完全静止。说来也怪，两军相持之地据她所居之济南和青州均不过几百里之遥。她和她的亲属均属官员、文士阶层，信息来源和神经触角按说强于一般民众，但为何这一时期在她主要作品（词）中一无透射？而从稍后另一批虎狼骁骑扑来时，她和其夫显然缺乏心理上和措施上的起码准备，只能仓皇南逃，更足以反证平日是"居安而不思危"的。其号曰易安居士，又具体意味着什么？过去，人们对这位易安居士时变后遭受到的沉重打击深表同情，自然应予理解，但对其伉俪不曾"未雨而绸缪"，未做起码准备实在难以理解（哪怕是精神上的准备也是好的）。要知道，对比以上列举的几位北宋重要作家，李清照是唯一长期近距离感受契丹的威逼后又居于女真金南侵要冲的一位；较之辞世前金尚未灭宋的几位作家，后世人有理由探寻几个"为什么"。难道只因是女性作家就可以尽多地给予特别的理解？当然，易安南渡后文风有了很大改变，经过多方面的惨重打击，再不省悟那才叫怪，"生当作人杰，死亦为鬼雄。至今思项羽，不肯过江东"。思想气节弥足称道。但仍不能够完全追补南渡前"易安"的人生缺憾。苛求了！

我已说过，这并非是对上述北宋作家做全面的评价，而仅就一点(并非无足轻重的一点)加以指评，"挑剔"一点兼及其余。无论是对苏东坡，还是对李清照笔者都不想为杰人讳，哪怕是笔者总体上喜欢的作家。

同时，仍有必要指出，这类不足与缺憾不应完全由他们个人负责，在很大程度上是由北宋政权最初的获取方式与立国后的苟安方针所致。如上所述，唐朝的天下是李渊父子在马上打下来的，而北宋的皇权是赵匡胤从后周姓柴的小皇帝手中弄过来的。在开封附近的陈桥驿拿一领黄袍披在肩背上，这江山就算是拿来了，这种方式极容易使上上下下(包括文人们)人等下意识地觉得这江山得来的太容易了(不要小看这种心理上的幻影,是很难挥去的)。当然,"黄袍加身"后,也打了一些仗,但总体上属于清扫弱敌的工作。

再者,与此相联系的是:北宋在处理内外许多大事上多采取宽柔之策。对手握重兵的将帅只要交出兵权,照样享受优惠待遇,在家里享清福。对于外患强敌,只要做到乖乖守信缴"税"(真金、白银、绢帛),便可相安无事。这一切久而久之,给了上上下下(包括文人)以错觉,好像屈辱和约,岁贡打点成为"万灵药",什么灾祸都可以"搞定"。再加宋太祖开国以来,为防将帅拥兵自重,威胁皇权,便不断削弱将领的权力,这样做的一个负面效果就是同时也削弱甚至使军队丧失了战斗力。契丹、西夏、女真相继乘虚而入,宋朝统治者在相当程度上无异于自毁。不可否认,也有头脑比较清醒、有责任感的官员意识到此类问题的严重性,采取了相对积极的态度。如仁宗时包拯提出过加强边防之策;神宗时王安石的新法中也包括这方面的重要内容;范仲淹在任西北边关时,也曾竭尽职守,力图解决边患。这说明他们与一般基本上属于"专业作家"的文人不同,比较有责任感有忧患意识,有解决问题的紧迫感。然而他们在北宋文人中还占不到这方面的主流意识。这其中黑脸老包还不算是典型的"码字儿"的文人。

还有,北宋的统治集团本身奉行苟且偷安,也不愿意文人们反其道而行事。他们自己不正面宣讲,遇事模糊处理,也影响文人们少怀忧患，尽多地吟风弄月，免得给他们惹麻烦，妨碍他们苟安享乐的方针大计。他们自己也仿佛戴上眼罩，玩起了"地理模糊法"。其实，宋、辽对垒线距宋京开封不过今之里程五百公里，距北宋的北大门"北京"（大名）可谓近在咫尺。即使在冷兵器的千年之前，凶悍的铁骑如无有力的阻滞，一昼夜即可直抵汴京大门。但北宋统治集团尽量使自己幻觉强敌在天涯之外，从而也促使文人们"隔窗成一统，虎狼挡外头"，消遣时可以不厌其烦地欣赏再欣赏《清明上河图》。画是好画、名画，但在危机中如果一味迷恋上河图也会成为大麻烦。

我总是恍惚觉得北宋许多文人性格中夹杂着有"忧患回避法""地理模糊法"以及"内外有别法"一类的东西。对于国内的社会问题，包括劳动者和下层民众的疾苦等虽也有所揭示而对外患与北宋家国命运这类"敏感问题"则基本上是缺位的。这真是一种深含苦涩的"有趣"现象。

只有到了南宋，经过了靖康之变，经过了南宋赵构政权又一轮屈辱苟安，穷奢极欲："山外青山楼外楼，西湖歌舞几时休？暖风熏得游人醉，直把杭州作汴州。"（林升《过临安邸》），此时的陆游、辛弃疾、张孝祥、张元干乃至民族英雄文天祥等的风骨及其作品，才一改北宋文人的"有规避"的性格，撑起了南宋半壁血色的精神江山。当然，由于统治者的既定屈辱偷安的政策。实力的差别与历史的定数，以他们的浩然正气和壮烈的气节最终难以挽救南宋的危亡，但他们仍然竭尽全力,完成了应负的使命,矗立起惊天地泣鬼神的不朽精神和文学丰碑。南宋文人的这笔丰厚的宝贵遗产,值得我们后世人倍加珍惜和深入研究。

最后,仍然回到北宋,我不禁想起了鲁迅先生说过的一段话:"中国的好诗到唐朝已经写完。"以前我还考虑是否有点绝对? 现在觉得应该是从本质上去理解这句话。从这个意义上说,唐诗还是唐诗,宋诗还是宋诗(当然从广义上也包括词)。过去人说,宋诗继承发展了唐诗,也许是。但每个时代还应该属于那个时代, 还是在自己的炉灶上蒸出自己的窝窝头。至于成色和味道究竟怎样,还需要后来人仔细地分解,慢慢地品。

从唐宋诗词看当时自然人文风习

　　其实不止唐宋诗词能够反映出彼时的自然状貌、人文胜迹以及社会风习的种种，任何时代，尤其是诗歌最能集中而本质地为后世提供丰富的精神资源。这里单以唐宋诗词切入，无非是觉得唐代和宋代在诗词创作上应属最繁荣、最具代表性的时段。通过诗词这一面特殊的镜子加以观照，无疑大大拉近了我们今天与那个时代的距离，这对我们中华民族、我们这个文明古国从过去到现代一脉相承的传统与发展，应当说是非常有意义，也是非常有趣味的。

　　相对而言，大自然的本来状貌，如山川风景等在一般情况下变化要小些，千年左右的时间段可能比较稳定。"日照香炉生紫烟，遥看瀑布挂前川。飞流直下三千尺，疑是银河落九天。"(李白《望庐山瀑布》)至今香炉峰犹在，风光景象大致依然；可能唯有瀑布的水势大小盛枯或有变化，但总的来说感觉上相当亲近，仿佛李白与今天的我们同是庐山的游客。"天门中断楚江开，碧水东流至此回。两岸青山相对出，孤帆一片

081

日边来。"(李白《望天门山》)诗中的天门山处于今安徽和县与当涂县西部的长江两岸,我曾专程去过这一带观览和体味李白当年感受到的意境,结果虽非大失所望,却明显有所差别。今日的长江天门山一带,江面船只往来繁忙,两岸楼宇鳞次栉比,现代感很强,已非是那孤帆一片的情味,当然也就在很大程度上消解了"日边来"的感觉。这便说明,即使是自然风光,也不可能完全不受到时代发展的影响。在文学评论界曾有一种观点认为,古体诗词是过去那个时代的产物,其形式与彼时代的自然、人文和人的思想情感相适应;而时至今日,那种形式和内容已不相匹配,因此也就不似古代那么和谐。虽然有不少人不同意这种看法,但我却认为不能说全无道理,只能说是不必绝对化而已。

唐宋的大诗人俱是写自然风物高手。律诗、绝句的框架并没有约束他们的描写之长。"野径云俱黑,江船火独明。晓看红湿处,花重锦官城。"(杜甫《春夜喜雨》)过去人说王维"诗中有画,画中有诗",其实何止王维,以上老杜勾画的这幅雨前、雨中、雨后的画面也是很到位的。而且着眼、运笔都很精致。"红湿处",雨珠加重了花的分量,就连整个锦官城也显得更加丰腴饱满了。说到细致处,仍然不能不提到白居易,而且不能不提到他的七律《钱塘湖春行》,仅举中间的两联便不能不叹为观止:"几处早莺争暖树,谁家新燕啄春泥。乱花渐欲迷人眼,浅草才能没马蹄。"虽都是具体意象的组合,却都是大自然的产物:树木花草、飞禽走马,关键是都被诗人写活了。意象之活的决定性因素则使诗人的感情达到了蓬勃的状态。所以说,景固然是客观存在,而诗人的主体情感与客观之景必须匹配,写得最好的可谓"绝配"。白居易的此类写景诗,与今世之景差异最小。

唐宋诗作经常涉及气候与天象,这就超出地上的山川湖海,而构成立体的活动图景。"溪云初起日沉阁,山雨欲来风满楼。"(许浑《咸阳城东楼》)诗人写气象变化无论是就景状景还是别有寓意,凡是写得入微精到者,不可能不引起读者的联想,其思想内涵必然超出文字表层之意。"天外黑风吹海立,浙东飞雨过江来。"(苏轼《有美堂暴雨》)似此风雨气势,即使在"豪放派"东坡笔下,亦不多见。无须过度引申,单以气势惊人而论,在宋诗中亦属重量级。"夜阑卧听风吹雨,铁马冰河入梦来。"(陆游《十一月四日风雨大作》)谁言宋诗气量不如盛唐?绝对化了。陆游此诗由风雨切入,其气魄与苏轼那首不仅可以媲美,而且直抒一位爱国担当之士老而不萎之情愫,唯有疾风暴雨之势方能释怀。"星垂平野阔,月涌大江流。"(杜甫《旅夜书怀》)唐诗中有写山川、星、月立体组合的,但相比之下,老杜此首最完整、最平实,也最显意境之开阔。我觉得其时已初步具有了宇宙无垠的直觉和思想内涵。"七八个星天外,两三点雨山前。"(辛弃疾《西江月》)一位豪放派大词家也能"点"出这超群的星星雨,说明愈是大家愈是拥有多种笔墨。大雨有大雨意境的宏阔,小雨有小雨心境的潇洒。同是小雨天气候,也能引出不同的心境。在辛的同乡李清照的笔下,则是"梧桐更兼细雨,到黄昏,点点滴滴,这次第,怎一个愁字了得!"(李清照《声声慢》)

古典诗词是人文胜迹的诗性名片。尤其对于唐宋时期的诗、赋、文而言,可以说是凡为名楼必定会有名诗或名文相匹,也可说是楼以诗传,诗据楼而增辉,如黄鹤楼有崔颢之《黄鹤楼》七律;滕王阁有王勃之《滕王阁记》;鹳雀楼有王之涣之《登鹳雀楼》五言绝句;而岳阳楼有范仲淹之《岳阳楼记》。其他几座名楼笔者都曾登过,唯有晋南永济之鹳雀楼未缘登临。当年我去彼地时,楼尚未重建,但原址之处我曾凭吊多时,那是在九曲黄河的拐角处,当时还从河道中挖出几头庞大的镇水铁牛。虽新楼未起,仍可感到"欲穷千里目,更上一层楼"的气派!

杜甫也有一首《登岳阳楼》五言诗,其中有句"吴楚东南坼,乾坤日夜浮"。句是好句,但衬在洞庭湖滨,总觉意象"大"了一些,也许古今的感觉不同,当时感觉就是那样的。不过我对古典诗词的浪漫主义夸张手法看法比较理性,有时用一用是新颖的,但如夸张成习虽可予接受,却不必过分推崇。如动辄"三千尺""三千丈"乃至"五千丈",今日的专家们就大可不必推崇至量数越大就越佳。无论今古,在艺术问题上,都应是可以推敲的,即使是同一位作家的作品,也有好与更好或稍差的问题。如前面列举老杜的《旅夜书怀》,我的感觉确是更胜一筹的。

张继的《枫桥夜泊》和杜牧的《过华清宫》都是七言绝句。但从切入角度和表现手法上又各有不同,"枫桥"的最大动人处是以最具典型性的白描传递出浓浓的意韵,使人有隽永无尽的回味;而"华清宫"一诗仍是"小杜"的机智和出其不意、突出奇招,实现了历史的定格。诗文一旦成为典型性的标牌,的确能够具备一种"绝版"的魅力,使意欲超越者不免显得苍白。正如李白曾有过的真实感觉:"眼前有景道不得,崔颢题诗在上头。""诗仙"的自觉并非故作谦虚,应该说是真正大艺术家的明智。

但人文胜迹启发诗人心智也不可能不受到不同时代、氛围变换的制约:如宋诗林升的 "山外青山楼外楼(《题临安邸》),它成为流传千年的名作与当时的时代背景以及人们的具体心境直接有关,而今杭州西湖的"楼外楼"据说尚在,但时代和人们的心境都已改变,昔日的遗诗只能为今人品味当日的人生世相提供根据,以更好地认识遗作的历史价值和艺术特色。如果今人中有的不深切了解彼时的历史,对这首诗的估价自然会大打折扣,充其量只能是会背而已。

所以,对人文遗迹及古人相应遗诗,最深切的记忆与体味更在于古今的共感性。记得有一年我乘江轮夜行,溽暑天气里,船舱中也不凉爽,难寝时急欲快些天亮,及早到达目的地，于烦闷中想起了唐代卢纶的两句诗："估客昼眠知浪静，舟人夜语觉潮生。"(《晚次鄂州》)古今情境虽不尽同，但也会产生一定的共感。

要说到古今的农桑、劳作方式、田舍居住、生态风习等，古今共通之处可能就更多。在这方面，诗词的文字写实能力太强。"儿童急走追黄蝶，飞入菜花无处寻。"(杨万里《宿新市徐公店》)，读八百多年前的这首诗作，恍如在当今江西婺源、云南罗平、江苏兴化这些被称为当今菜花观赏胜地观景。其实，今日中国菜花的生长地远不止上述这些，大西北青海西宁郊野的菜花，也相当繁茂。想来南宋时杨万里的家乡江西吉安也是处处菜花泛金，引起诗人如此关注，细致观察，写出了与今日菜花盛产区肖似的场景，深知近千年来中国农耕大地的基本面貌并无根本改变。对此，我不但不视为滞后和保守，反为之心悦。有些东西是贵在本色的，而有些基本的东西是应有承继的。它代表了本色的美和生活基本的需求。即使在早于南宋近五百年的中唐时期，农事基本也大致相似："乳燕入巢笋成竹，谁家二女种新谷。无人无牛不及犁，持刀斫地翻作泥。"(戴叔伦《女耕田行》)家中男丁被征戍边，两个女孩子驾驭不了牛犁，只好以最原始的方法以刀砍地松土，以便下种。一千三百余年的苦情，使我想起幼时村庄里的贫苦缺乏劳动力的人家，与此何其相似！至于田园风光、田边地头的种种，更是近千年间可以互见。最使我感到亲近的是辛弃疾晚年乡居的田间劳作情景，几乎与我半个多世纪前的少时一般无二。"大儿锄豆溪东，中儿正织鸡笼。最喜小儿无赖，溪头卧剥莲蓬。"（《清平乐·村居》）这是何等真切、生动的场景！读到这里，恍惚觉得稼轩不仅是我的老乡，简直就是庄户邻居。至于唐宋诗词中的家居、年节及日常风俗的描写，可谓举不胜举。譬如，每当我读到唐代刘长卿的诗句"柴门闻犬吠，风雪夜归人"时，不由得就想起有一次自部队回乡探望父母，途遇暴雪，在距村十余里时大卡车开不动只好下车，踏着雪窟窿艰难挪步，傍晚时看到家门，即扑上去叩门。虽无犬吠（当时不准养狗），但听到风吹雪吼那感觉至今犹在，而且终生难忘。喜庆的也有，晚唐诗人王驾的七言绝句《社日》，在写农民祈祷丰收时的气氛则更为热烈动人："鹅湖山下稻粱肥，豚栅鸡栖半掩扉。桑柘影斜春社散，家家扶得醉人归。"这番情景，如同我少时在本乡时见到过的，因为我的故乡对"社日"这个节日也很重视。而在记叙民风民俗这方面，多产优质的古诗人陆游也不缺席。"斜阳古柳赵家庄，负鼓盲翁正作场。身后是非谁管得？满村争唱蔡中郎。"（《小舟游近村舍舟步归》）陆游写了一位民间艺人在村庄演唱，我在此只改了末尾几字："满村争唱卖油郎。"因我幼时，常听说书者说唱"卖油郎独占花魁"。

　　总的说来，也许是因为宋代比唐代距今更近，在诗性记录中读来更觉亲切，具象也更多些。不过，都是非常宝贵的财富——不仅在于高度的文学价值，还有更广义的无可估量的人文价值。设想，假如没有唐宋诗词以及之后的诗文记录，我们说起数千年前的历史与人生、生产和生活情况，那该有多么空乏，多么可怕，而现在我们有，而且很丰富。诗性的记录是灵魂的承继，从感觉上说没有距离。

从长处看柳永词

我在大学中听讲宋词，正值"大跃进"年代。柳永词也听了，而且讲得好像还不少，不过主要是批判其格调不健康，而且还有些颓废，充满男女之事不说，竟弄到勾栏妓院中来，不惜在这些不干净的地方填词。至于柳词在艺术上有哪些长处，哪些较好的地方，基本上都未涉及。

当然在这当中，我和同学们也读了一些柳永词，觉得有的还是不错的，并不全属于上述那种情况。但毕竟当时的潮流如此，批判的力量是强劲的，不可能不影响到柳永作品在我们心目中的总体评价。最主要的是大大减低了阅读柳永作品的热情。

直到一二十年以前，有一次我去武夷山参加一个散文研讨会，正赶上武夷山市举办柳永及其作品的纪念展，规模相当盛大，气氛非常隆重。在这之前，我只知柳永是福建崇安人，印象中崇安离武夷山景区尚有一段距离，但现在人家认定柳永就是武夷山人，后来方悟到崇安已融入武夷山，或者所谓武夷山市就是原来崇安县城所在地。总之举办方以他们武夷山出了一位著名词人柳永而引以为荣,不仅高度肯定柳永的文学成就,还以当时"文革"后不久的习惯用语说:柳永在北宋当时受到了明显的不公正待遇,由于受排挤和冷遇使他不得不离开京都汴梁而漂流各地,所谓烟花柳巷聊以填词,既是生活所迫不得不如此,也是精神上受到压抑而以此慰藉乃至些许麻醉。其实从内心而言,柳永并非是一个无作为之人,他的诗词中都反映出他很关心下层民众的疾苦,是一位非常有同情心的作家。

总之从展评中看出,他的故乡人是很向着他的。有人可能说:一个人的家乡总是要偏爱其当地人,溢美之词是难免的。不过在我看来也不一定。我在"文革"后就碰见一位浩劫中受迫害的领导同志,当时他过去的上司被打成一个很大的"走资派",他作为秘书也被遣送回乡。其原籍的掌权者对他不仅没有因是本乡人而稍微客气些,反而加倍地迫害。三冬腊月天天罚他打扫厕所,稍不满意就当街罚站,指示"牛队司令"用木棍狠敲他的脑袋……直到"四人帮"倒台他才得以离开老家,回到原来工作的城市,重新工作后对老家不置一词,但就是再也不回去了。

对照看来,柳永身后千年的"老家"对他还是非常宽厚很够意思的。从一定意义上说,也算是这位生前潦倒的文人的一种幸运。

从一二十年前那次纪念展之后，我比较关注柳永生前境遇的种种，特别是他在宋词方面的独特贡献。至于在曾经年代中对柳永思想和创作中某种缺陷的指摘也不必统统予以护短。甭说是生长于封建时代的一位文人，即便是近现代的某位名家，在肯定其成就的同时恐怕也不能说他就是一个完美无缺的"泰斗""大师"之类吧？更何况柳永当时确实是受到了压制与贬斥。由于他在功名方面颇不顺遂，曾发泄过不满情绪："忍把浮名，换了浅斟低唱。"惹恼了当朝的宋仁宗赵祯，一次发榜时，看到了柳三变的名字，当即一笔勾掉，说什么"且去浅斟低唱，何要浮名？"直到公元 1034 年，他改掉了令皇帝不快的名字，才勉强中了进士，但也只做得一个"屯田员外郎"的小官。此后在人生际遇上仍很局促，晚景穷愁潦倒，病逝后竟至无资埋葬，还是伶工歌妓相助，才得以入土为安。

在某种意义上，柳永遭挤压而沉居下层，这是他的不幸；但从另一方面看，又使他得以接近下层群体的生存状况、生命困境；相互成为朋友，便有助于在创作中开拓新的领域丰富艺术营养。他与晏殊大致是同时代人，但境遇不同，身份不同，晏殊所接触的基本上是上层社会，作品也多是词中小令，有闲人的安逸生活情趣。虽然也有名句出现，如"无可奈何花落去，似曾相识燕归来"，但终归也是既定格调，"小园香径独徘徊"。题材天地终难开阔。而柳永则无法安逸，他只能涉步于行旅，颠簸于舟车，困顿于乡村夜店，被款留于市肆瓦舍。词为人生，亦为生计，词为记录，亦为抒发，履迹所至，必有词踪，所以当时人语："天下凡有井水处，皆歌柳永词。"

如此的影响面，按今天的说法，就是"太火啦"！然而，遗憾的是：柳词流传之广并未改变他在主流社会的地位，"屯田员外郎"的"公职人员"身份也未使上层贵族对之的冷遇与鄙薄有所缓转。近世西方对命运的解释是"性格即命运"。如按此说，对柳永倒有几分贴近。根据有限的材料印证，柳永纵然够不上出格的执拗，却也绝对不是什么溜舔的高手；再加上"作风"方面差强自律，那么在北宋权势方设定的体面空间里恐怕很难找到柳郎的席位了。只有无情的命运才能判定他所能待的地方，甚至包括他能通过与不能通过的路径，也许有时可以徐行漫步，却不可横冲直撞。

表面看来这是很受限制的，但在这边限制了，在那边却又自由了。譬如：在京城汴河州桥这边限制了，在远离京城某一处"自由码头"又登上兰舟，在长途的辗转中，其实体验与词之灵感自然融合，慢词长调应运而生，流传千载，脍炙人口的《雨霖铃》作为长调中之经典之作灿无愧色，在写景中叙述，在叙述中言情，真正达到了如后世王国维所谓的"一切景语皆情语，一切情语皆景语"的妙境，而且还要附加一句："一切叙事皆境语"，是意境之境。柳永的非常之处是，其叙事之笔能够做到完全不平、不涩、不繁、不烦，均能达到自然、圆润、多情而精美。"多情自古伤别离,更那堪,冷落清秋节,今宵酒醒何处?杨柳岸,晓风残月!"(《雨霖铃》),"烟柳画桥,风帘翠幕,参差十万人家。云树绕堤沙。怒涛卷霜雪,天堑无涯。市列珠玑,户盈罗绮,竞豪奢"(《望海潮》),你说是叙事,是写景,是抒情,都是,但柳永通常就是在叙事中所有的效果都出来了。我在想,今天的小说家、散文家,如能将叙事的笔墨再加淬炼,从柳词中得到应有的启示,他们的叙事文字将不致与他类文字剥离,也会变得更加好读,更加有表现力,多好。

自古至今,对真正的作家而言都贵在创造、创新,而获得公认的成功乃至被继承。如上所述,柳永在一种特殊的境遇中,也许是由"逼"而探索,而创新,而成功。他在传统的词体上有所发展、在词境上有所扩大、在词的阅读对象(受众)有所扩展、多方面丰富提高了词的表现技艺。总而言之,对宋词发展的贡献是相当突出的。

过去某个时期,对柳词的着眼点确有偏颇、不全面之处。如多着眼于他词中男欢女爱似乎只委身于小得不能再小的世界,而被忽略的恰恰是这个柳永将词的世界从宫廷玉阶和秋千架下的纤巧小令中强力挣脱,使之有了大气魄、大境界!"东南形胜,三吴都会,钱塘自古繁华",这是谁的大开大合扑闪而出的首句?——柳永的。"念去去,千里烟波,暮霭沉沉楚天阔",这又是谁推出的大境界?——柳永。比之于同是宋词名家晏殊"阳光二月芳菲遍,暖景溶溶",秦观的"山抹微云,天连衰草"的类似格调,柳永确是能够写出他们达不到的境界。另外,在长于批判的年代,对柳永的某些词作只注意到杂有颓废的情感,无向上之生气,有接近病态之萎相。可是,当我们读了他另一种格调的词作,如《河传》:"采多渐觉轻船满。呼归伴。急桨烟村远。隐隐棹歌,渐被兼葭遮断。曲终人不见。"又是何等生动活泼,一派热爱生活的人生动感画,连水珠都是向上迸溅的。再者,对其有些写男女情事的词作,如一律视为生理本能之享受也不免缺乏分解。如:"衣带渐宽终不悔,为伊消得人憔悴";写女方"万里丹霄,何妨携手同归去。永弃却、烟花伴侣。免教人见妾,朝云暮雨。"男女双方均有用情真诚深挚的一面,而非一味狎邪之欢娱。尽管如此,仍属柳词晦弱之一面。也正因如此,柳永还是柳永,这样看更较全面。

最后,我还不能不说说最近在细品柳词时的一个新感觉、新发现。即愈是典型反映了柳永创新成果的长调佳作,就愈是觉得距离我们今天的品读品位更近。这说明,创新意识本身,不仅利于更本质地认识现实,而且还会凿通神往未来的气息渠道。创新非同于一般的反映,还是一种促进人世间能够相互融会相互亲近的独特智慧。我总觉得凡为柳永长调慢词较传统的词人词作(包括有的大家),更为传统的表现方式,品读起来前者比后者更接近现在,方方面面都觉得更亲近,更易于理解;而后者使人觉得更为遥远,比前者更像"古人"。如此说来,柳永是否称得上是一位较具现代感的作家?难道这位当时颇不被待见的"柳三变"不自觉地又完成了新的一"变"吗?

言及此,我顿悟,我们今天享受到古代文学家的创新成果,尤其是当时当地其本人感受到的精神伤痛换来的一切,在当时其实都包含着他们的不幸;而我们今天品读到的文学佳酿,也许都是由当日他们付出的难耐的代价转换。我们实在是有必要感念这一切。这其中无疑也包括本文主要述说的柳永——"柳屯田"。

几位"码字儿"者的命运

吴承恩与《西游记》

　　吴学士没有西游，只有门前溪水流向远方。他虽然科考不遂，但生活并不那么贫困，一座像模像样的大门楼里面是一个不错的院落，一明两暗的书房也还体面。足见他总体上说还是衣食无忧。

　　在一个知了躁叫的晌午，先生依习惯仍然静心入梦：唐僧师徒四人前来造访。白龙马系在门前的柳树上，鬃尾不时地甩走暖阳。先生一觉醒来，夕阳燃亮了如豆的灯光。功名渐行渐远，虽未中举，却也聊为嘉靖中补贡生，浙江吴兴县丞，惨淡的仕途经历仿佛倏然忘却，眼前只有东北方海畔的云台山胜景。过去一些年，他先后去过那里多次，感受良多，许多情景好像随身带了回来。至今花果香盈屋使他绝对富足。于是，他将浸透香气的清水倒进砚池，墨汁袅袅蒸发，眼前又是一幅变幻的情景,但这不是梦。而是他——自号射阳山人并非短时间形成的感觉和影像的融合。

忽而,他手中的毫管幻化为金箍棒,先生与心中的悟空,筋斗云十万八千里,一同去大闹天宫。

这一切,凝成为一部书,叫《西游记》;射阳山人的心灵,自书中飞升。

蒲松龄与《聊斋志异》

在柳泉边听故事,在聊斋中写鬼狐,在三十里外的西铺做塾师。三十里,在现在的交通条件下只不过是一眨眼就到的距离;可在三百年前那个时代,也算是一个相当遥远的概念。他在那里一年中只有过年和极少的重要节日才能请假回家看看。不过这时,一阵旋风尚能托起他构思的故事中的"婴宁"。

然而说来也怪,那么一把年纪了,却仍有一个情结赖在深心,这就是去省城参加"乡试"。一路上,咀嚼着干透了的煎饼,寻思着本属省城试院的善门可还冷脸?总该体恤这位磨穿了多少双云头鞋的老书生。苦等到发榜之日,瞪大眼睛,遍寻几遭,仍不见"蒲松龄"这个名字。

三百年后我也曾猜想,到底是考官"评委"长歪了心眼,还是这位留仙先生命舛?也或许他的卷子有涂改书写欠工,更担心无意间让崂山道士的谶语一星半点渗漏进八股文的字里行间？这一切注定无人能够破解，纵有后世盗贼掘开考官的墓葬，几根枯骨又能说什么话？更不会对可能的疏漏进行道歉问责，何况还有"见仁见智"的古训叉手而立，谁又有什么办法弄得清楚？

好在蒲老贡生也不爱追究，最难得能从自己的手稿中看到婴宁、青凤她们露出抚慰的微笑；就连他的老乡——京城高官王渔洋回乡丁忧，仅限于谈诗论文，也从未恳请他在县里府里给"美言"几句以改善处境。这倒两全其美：一个未徇私情，一个得以干净的手继续写他的文言小说，免得三年清知府的雪花银乱了灵感，中国历史上少了个"短篇之王"。

老蒲，老蒲，究竟怎样来评价你这一生是得是失，是贫还是富？

吴敬梓与《儒林外史》

既生长于"康雍乾"盛世，为何只活到五十出头？

郁愤、豪纵、家道中落，一再折损了这位才子的阳寿，人生的精华呜咽于秦淮潜流。且慢，尽管如此，生命之绿仍在秋霜中挣扎，诗词和小说在寒窗残阳下脱稿。不仅如此，仍有清醒的坚守——以病为由婉拒了巡抚大人举荐他参加博学鸿词科廷试，枯瘦的手连连道出几个"不"字。孤贫的油灯没有燃尽"气节"的灯芯,反过来化为带刺的巨型仙人掌,无情地捆向封建科举与诸般丑类的嘴脸,为中国讽刺小说园地添上独秀的一枝,也给自身不无遗憾之寿续写奇凛的一章。

人的生命中总是难免有遗憾,但大小轻重的主动权往往攥在自己看似并非强有力的手上。

此君辞世前不会忘记这一刻——一千多年前的"好皇帝"唐太宗李世民站在长安城楼俯视风尘仆仆从四面八方赶来的举子,拈须自得地笑曰:"尽入吾彀中矣。"此时,在举子中有一花甲考者,披发跣足,边唱也边舞,人道此翁乃后世《儒林外史》一书中的人物原型,取名范进,未知确否?此人物直至吴敬梓后的二百年,四大须生之一的奚啸伯主演改编京剧《范进中举》,以他"洞箫之声"和贴近角色的表演蔚成经典,此剧仍活跃于京剧舞台。《儒林外史》中之人物、之细节、之语言,亦多为鲁迅先生所称道。

斯人虽已远逝,但敬梓故居窗外的带刺仙人掌,仍在临江的瑟瑟风中默默着、鲜活着……

冯梦龙与"三言"

如以今天的话语定位,此君不单是作家,而是一位大编辑家。他所编者的《喻世明言》《警世通言》《醒世恒言》竟使洛阳纸贵,喜好者视若奇货进行抢购,并热议《杜十娘怒沉百宝箱》《蒋兴哥重会珍珠衫》《乔太守乱点鸳鸯谱》等脍炙人口的佳篇，以及相继被改编成各类戏剧搬上舞台，盛演不绝。一时忘却了当时的东林党争和西北民变……

冯梦龙，一个酷爱世俗文学的"顾曲散人"，也曾以诸生身份补任福建寿宁知县，足见他不仅善于文墨，也有些行政能力，既是"县处级"，总得会拍惊堂木；但毕竟成不了官场君子，于是终于识趣隐退，借助姑苏一带都市经济平台，不惜与戏院、勾栏、茶肆为邻，以柔软的羊毫，在诸种文本上圈圈点点。但还是好景未终，晚岁清兵南侵，君岂容铁骑践踏宣纸的清白，更难忍膻腥的马鞭抽打尊严。可想而知，有骨气者难免不幸。好在"三言"之花正在南北盛开，君与同属江苏老乡的徐霞客大致同时，一个是在悬崖飞瀑中获取人生价值，一个是在字里行间寻觅知音，足矣！

乙未（中秋），一当代大贾邀客至其豪宅。此君风雅于书籍字画，尤称道"三言"。一客随口问他，编著者为谁？答称："我只重故事，还没空看别的。除非是世界性和全国级的获奖作家。"

"是，是。"我当即颔首释然，同时又想："梦龙君如听到，不知对此回答当作何评价？"

金圣叹及其评点

此人若何？欲说又觉不能一言以蔽之。其观念、信仰总有点浑浊。譬如，对本县之任知县不满而去"哭庙"而致祸，旋又向巡抚去告状反遭屠戮。是聪明得糊涂，还是自恃不凡而大触霉头？

不过，少有才名，好评点，总使此公非比默默无闻之辈。所定的"六才子书"出自他个人感觉；传至后来，少知者似以为钦定。而他所评之《西厢》《水浒》又被视为权威见解，今日央视讲坛大腕所引用之"金评"，凭我不完全的记忆不下百次。以三百多年前一宗疑案中失掉的头颅，换取后世如此影响可合算否？值得肯定的是，评没白评，点没白点，金家小子足能引起圣人感叹：《西厢》评得观者情动。《水浒》点得见缝插针，针无虚发。作为后世读者的我，并未苛求他腰斩"水浒"的动机（他是有自己立场的）；从作品的结构艺术上着眼，他的七十回本，显得风格更为完整统一，这应视为一种创举，而不拘有意无意。而且至今这种版本流行最广泛，一般人并不甚计较是被人动了"手术"。

再回头审视，金圣叹，真是一个典型的复杂人物，恐怕自古至今谁也说不清他到底是聪明还是糊涂。无论是正面还是反面的杂色包袱，三百多年基本上还是由他继续背负。人们惋其被冤杀，而又惜其思理不清，损才取祸而欠值。无论如何，都是过往的一种现象，放在整个封建时代文化史宏观考虑，似乎还够不上惊天动地，却也足以令人沉思。

非科举"状元"

徐霞客与"游记"

他,除了书籍,就是与高堂老母相依为命。暂无终身伴侣,但院中石榴,成熟时百子齐笑,仿佛对他有某种感应。当时的明朝统治层,雾笼"庙堂",权宦阉奸秽手断路,科场黑暗重重,霞客视若畏途。闲来翻书,字里行间斑斑潜血;合上经书,决意告别功名利禄,另寻旅途。

难得老母理解他的心思,支持他远涉四方,催儿上路;勿以慈母为念,蜗居宅舍。远行非为赶考,而是考察高山流水以寻觅知音。行囊中有他手绘的地图,还有老母为之准备的炒面、蜡烛、备用的鞋靴。当夜空"三星"西斜时分,开门踏惊了邻居的犬吠和鸡鸣。

他始终未忘"读万卷书,行万里路"的古训,所谓"万里",由一双双磨破的麻鞋艰难地丈量;"万卷",也并不是纸页,而是巉岩峭壁,是五台禅寺石阶,是黄山的松林,是贵州黄果树的飞瀑垂帘……他以惊喜的目光将水珠串起,以思想的丝线将奇观装订成册,半途在乡间鸡毛小店荧荧灯下,录下所获的草稿;下一步登岩,用小锤剖开石心,诊判所含地质成分。

跋涉攀登,难计里程。雪暴、骤雨、滑坡、匪患,在九死的网眼中挤出艰难的一生。出行、回返、再出行,永远是一个人的出征,天点名独回应。多磨与劳损悄然窃走霞客先生的健康,幸有最后一次全身而返,也算不负上苍护佑。归来,窗前书案,微颤的手订正草稿,最后落笔于《徐霞客游记》,他兀自拈须,是小寐也是永别——此时,正是清兵南下的三年前某日,自然避开了"嘉定三屠"的血腥。如果说人生有所谓"命"的话,霞客先生也还算沾几分幸运。

李时珍与《本草纲目》

既然科学道路上布满荆棘和不平,既然"进士及第"的牌匾与自己无缘,那就另辟蹊径,不能空等。时光不会在手心里孵出幸运的灵鸟,那就到山野去,大自然注定垂青于勤者与善行。应该说,李时珍与晚他几十年后的徐霞客是殊步同心,各怀独特的抱负:一位是探索揭示地理与地质的奥秘,而另一位是与百草联手提炼救死扶伤的良剂。

十六世纪,中国大地上又一位尝百草者降世,但远古的"神农氏"源自于传说,这一个"神农"在井台、在林间、在远山、在近舍，自采的草药在壶中透出回春气息。此生再不须在八股考卷中呕心沥血，虽还要"码字儿"，但多是记述药味品性和用途，作为实用良方而传世。它绝不同于科场状元卷，状元卷在紫禁城文渊阁内密藏，而《本草纲目》是妙手郎中和被救治者的真经——就连科场上摘取桂冠的状元郎有时也离不开它的点化与疗治。

世间的许多事竟如此耐人寻味：历史上不仅是知县、知府、巡抚、尚书——千千万万中有多少人不知其名；就连李时珍生活的同时代谁是内阁首辅（近乎宰相，因明朝自朱元璋之后已取消宰相之职名），今日的许多明公也未必回答得出，往昔的时光遗忘了多少庸夫，而真正的济世贤才却常能为人记住。看来德智者多些，整个民族也可以少犯糊涂。

乙未年初，我家附近的一家中药店，突然进来一位长者，形象清奇古朴，此人竟贸然检看每味药的抽屉，时而颔首，时而疏眉紧蹙，临去时只留下这样几句话："凡售出之物，务必货真价实；尤其是药品，伪劣欺人是最不可饶恕的。"言毕出门，不知何之。店员们互议："此人好生眼熟，不知曾在哪里见过？"

徐渭及其诗、书、画

徐渭，字文长，号青藤山人。伊取此名号，莫非欲攀青藤而上入缥缈？似也不似——此君曾多次乡试不中，足见其功名之念导致并未完全免俗。虽说是"山阴道上应接不暇",但恕晚生直言:伊还真不是做举人的材料——恣肆有余而规范不足,以致过于愤世嫉俗而自残杀妾,身陷囹圄不知是否长夜自省?反正幸得友人保释而出狱,总算用自己的刀最后斩断了披红挂彩的"禄缘"。

不过,此君真的有才,甚至近乎全才:诗、书、画,还有"文艺理论"也不乏创见。风格奇诡淋漓,令那班科场进身的阁老级冬烘不禁汗颜。一般人又怎知,伊对军事谋略亦有悟性,曾作为幕宾向当时平倭将帅献策奏效。假如命运给此君以充分施展机会,至少做个"参谋处长"之类的角色是足以称职的。

可惜就在那个时期,伊突发狂症,由狂躁而丧失理智,是个人悲剧也是那个时代的扭曲。纵是同期在世的李时珍深谙医道,纵是前人名医华佗再生,恐亦爱莫能助,不敢破天荒地施用开颅手术!

去年深秋,我再次赴浙江绍兴谒青藤故居,一进院中,那种青苔气息尽道江南老宅之沧桑遗韵。一帮参观者边看边议,啧啧于青藤主人身后成就胜过生前名气;笑谈徐文长公自评书法第一,诗第二,画第三,这与后世人评价多存差异。但不论如何排序,"青藤"之艺术成就都已成定论,那些人还说正由于他"孤僻自残才成就了中国的梵高"。我听后未语,却别有所悟:后世人应企望有奇才者亦具有健全性格;今天的我们怎能深切体会其人当时苦笑背后之酸辛?实在不忍玩味前人的残缺；如对"中国梵高"所付出的惨重代价，一味称许则有失厚道。须知，作品的美质是留给后人欣赏品味的；而命运中的痛楚，却是由当事人自己吞咽的。

王夫之与其著作等身

一个数据最具说服力——他，一生中后四十八年是在清朝统治之下；而四十八年他没有弯下耿骨，绝不做奴才。他的爱国意识绝不迂腐，而是鲜明地对抗强暴，对抗屠戮，对抗辫子。清方强迫所有人剃光脑半球拖条长辫，就是屈辱的象征。"留发不留头"，这是清朝统治者的死律。而他，偏要留发也留头。于是他展开了遍及湘西洞穴的游走——一个具有开创性的"地下撰稿者"，为后世"革命地下工作者"开了个好头。

并非职业军事家，却毅然地走上战场；不是指挥天才，却在湘桂边拉起队伍。秀才遇见兵，不"明"也不"清"，打不赢他，也不能让他那么好受。但毕竟骁敌其势汹汹，长矛短刀面对火药铳，终是难敌训练有素的"马蹄袖"。多少战友饮恨"千古"，但有泪不空流，他将刀矛换成狼毫，笔锋指向屠夫和奸佞。瑶洞内外两重天，洞外捕快狐鼠侦嗅，洞内的他泰然镇定，小楷清隽工秀，行草也潇洒风流。

不过，我一直甚觉难解，山洞内阴冷潮湿，而且现代科学警示：岩石有射线，可船山先生后半生常常隐身地下，却能活到七十四岁,在那个年代堪称高寿。是何原因所致?——基因,性格,还是超常的精神抗体?总之是一种奇迹,成就不凡又全身无损,一束完发决胜了千万个脑半球,一个难得善终却寿终正寝的不屈的"老头"。

船山,船山,船山先生,也许因他,南岳衡山在视觉上似乎有了动感:哲学家的大脑具有无限的活力;掌好舵,思想的船就是能动的山!

汤显祖与《临川四梦》

此公在个性独特的士人中是罕见考中进士者,但仍然官运不利,甚至不升反降:礼部主事、徐闻典史、遂昌知县,直至因不附权贵而被免职,未老而返乡。在本地,他乐在甓甃上构建"临川四梦"情境。戏剧艺术家重在感觉,对宦途决意远离,因此不难理解他何以拒绝首辅张居正之招揽。但拒而不议,不论是当世逢迎还是身后追捧。他最关注杜丽娘一角的演员挑选,幻觉中信步出城,见郊野草台班一村姑简装登台,便喜而惊呼:"就是她!"从来最美不避僻乡,贵在心灵知音。献演之日,不仅"游园惊梦",且惊爆了千里城乡,唤醒了多少有情男女。

"四梦"持续走红,汤公却很宁静。夜难寐时长思:半生命波不平,虽曾侥幸得中进士,但官运不显,自己从不怨天怨地,皆生性太"拧"所致。其实上苍待之不薄,得以安然归里,从事心之所愿,可谓足矣。他深知,此时辽东边患正炽,后金骁骑虎视关楼,多少热血将士,以血光喷洒敌之凶焰。本地暂能苟安,幸以纯情浇灌剧中美"梦"。他深知,这也许只能在有限时间内,得以倾尽心血塑造,功过短长任人鉴裁。

至于后世评价与延续的影响,诸如所谓"东方莎士比亚",以及梅兰芳、俞振飞的舞台绝配,还有昆曲发源地江苏昆山千灯镇,艺术系师生齐集研究汤公生平、成就,等等,这一切,汤公全然不明也不计。他的人生目标就是为了张扬美善,也是对世间某种丑行痛恶至深,以鲜明爱憎教化众生。仅此而已,从无奢望。公之生前的最后一丝记忆是,当《南柯梦》和《邯郸梦》演出谢幕后,他困极倚卧榻闭目养神,竟真的睡去。中间稍醒片刻,只问了句:"黄米熟否?"无人答。临街有梆声,正三更。

生命的吉光
Light in Life

第 三 章

文化的况味

罗贯中、曹操与京剧

　　作为小说《三国演义》的著作者,虽说罗贯中生平事迹所遗不多,有些情况(如籍贯等)还说法不一,但人们对他的学识才具还是比较认同的。《三国演义》的写作,所据除陈寿的《三国志》外,还有裴松之的注文以及其他的民间传说等。六百多年来,《三国演义》作为"才子书"和中国古典名著,无论是研究者和广大读者,都是极为称道而广为流传的。其影响不仅在中国国内,还越出国界,远及东瀛日本和朝鲜半岛、越南等地。但在近世,也有不少人指评它有拥刘抑曹倾向,认为这显然是旨在维护封建帝制的正统地位。要说《三国演义》中这样的倾向,平心而论,不能说没有,只信手拈来,便可见一例,如《三国演义》七十八回的题目"治风疾神医身死,传遗命奸雄数终",直接将曹操定位为"奸雄";九十九回题目为"诸葛亮大破魏兵,司马懿入寇西蜀",双方主帅形成鲜明对照,蜀方为"大破",而魏方则为"入寇",作者感情倾向一目了然,应是不争的事实。其实,并不是所有封建时代知识分子都无例外地奉皇裔甚至皇姓为正统，如陈寿所著的史书《三国志》，纵然是"正史"，却也是有倾向的。但《三国志》一书却尊曹魏君主为"帝"，对蜀、吴君主则称"主"，对曹魏方则用"纪"表之，而对蜀、吴则用"传"而无纪，倾向可谓一目了然。

有鉴于上述，我倒是觉得罗贯中的"倾向"更易于理解。因为，《三国演义》毕竟属于文学作品，在处理史实时较之严格的史学专著当然允许有一定自由度。既然作为正史的著者陈寿在处理魏与蜀吴，尤其是魏、蜀时那样有别，而罗贯中在作小说时表现出作者的一定感情倾向就更不足为怪。尽管如此，我仍认为他的"倾向"绝不完全来自于"刘姓正统论"这样的狭隘心理。那么，还有哪些不可忽略的因素呢？

一是时代环境对著者的思想影响。在罗贯中生活的元末时期，阶级和民族矛盾极为激烈，长期遭受蒙元统治者残酷压榨的大江南北各阶层民众，强烈的反抗意识如干柴烈火。在这种情势下，作为一位有正义感、有鲜明爱憎的文人，罗贯中笔下的指向绝不可能没有明确的体现，他的感情倾向也不可能是含混的状态。他需要寄托，需要"借题发挥"，以表达对恢复汉家河山的渴望。

"拥刘抑曹"另一因素是著者的道德选择。在人群社会中，存在着人们较普遍认同的人性善恶与道德是非的标准。以汉末三国中的曹操和刘备来说，作为宦官养子之后的曹操和清贫之家的刘备，后者自然容易获得著者的同情。曹操挟天子以令诸侯,不仅没有扼住著者的笔锋,反使一位有主见有血性的文人洞见了他的野心和权谋而生反感。更重要的是,曹操既猜疑又霸气,曾因为报父仇而在徐州屠城(见《三国志》《后汉书》),无辜杀吕伯奢全家(见裴松之注),残酷清除孔融、杨修、华佗等人(见《三国志》《后汉书》)。反观刘备一方,从正史记载上亦未有滥杀无辜的记录;入川以后,以刘备和诸葛亮为代表的蜀汉政权,对属下和民众也治理有方,赏罚分明。诸葛亮对西南少数民族的宽仁安抚之策,以及"鞠躬尽瘁,死而后已"殁于军中的信念都足以让后世仁人志士和广大民众景仰与追忆。所有这一切,当然也不可能不影响小说作者罗贯中的思想倾向。因此,如果是人性和道德力量推动了《三国演义》"倾向"的形成,应该说是有说服力的。

不过,作为一位杰出的作家,毕竟不会被感情一味牵动而意气用事。罗显然相当懂得如何忠于历史,知道应当有理性地反映生活。尽管他在笔下时不时地流露出某种感情倾向,但对三国时期的历史发展,对主要人物的命运和结构,对于大的事件梗概脉络,基本上都是写实的。在这点上是一种极其可贵的品性,是很了不起的自觉遵循。曹操应该说是在《三国演义》一书中塑造得最为成功的人物形象之一。著者对曹操从体貌到气质均未做任何贬抑,相反有多处形容他不怒自威的气度。最典型的情节是匈奴使者来谒,曹操故意耍了一个花招,以下属的一名侍卫充己居于正位,而操扮作侍卫一旁而立,待使者回去可汗问他对曹操的印象,使者答曰居正位者不见有什么特别, 倒是侍立一旁者有一人气宇轩昂,非同凡辈。此例足以说明这位一代枭雄曹孟德时时都难掩他的超群"气场"。对其才能,作者褒扬的笔法更是处处可见。当各路诸侯兵讨董卓,表面是以那位出身"四世三公"的贵胄袁绍为中心, 实际上的灵魂人物却是门第并不大体面的曹操。当董卓帐下骁将华雄连斩数将,众皆股栗,而作为"弓马手"的关羽主动请战时,袁氏兄弟鄙其身份低微连声喝下,唯有曹操力排众议支持关羽出战,结果一战而枭华雄首级,证明了操之见识确有过人之处。所谓"温酒斩华雄"一事,不见于正史,为小说家之妙笔。但唯此愈可看出作者有意写出曹操的超人之处。这个人物的复杂性在于,他性格的一面似乎嗜杀,而另一方面又是对于可杀可不杀的人往往不杀,如俘获了袁绍帐下在讨曹檄文中痛骂他的才子陈琳后,操不但没有杀他,反而牢牢地使之为己所用;在占领袁绍的大本营之后,也缴获了在这以前曹方人员暗通袁方的许多书信,而曹操下令将这些书信统统烧毁,不予追究。这样半真半假旨在笼络人心的做法,也被后世有些封建统治者所采用。据信可能是曹操所"首创"。还有,曹操对于被俘的敌方谋士之类的重要角色,如坚不投降,处决后大都予以"厚葬",有的还接养其老母、妻子,操声言是"怜其忠义"。这种半真半假的权谋家的手法,多半是做给活人看的。"忠义",最终还是启导他的部下对

113

他尽忠。在某种特定情况下,曹操对本想款留却又留不住的分子,如关羽听到刘备的准确信息念桃园三结义之情决意离曹营而去时,操也尽可能网开一面而不采取赶尽杀绝的极端做法。其实如果他绝不放走,关羽是跑不掉的,但他还是做出了一次特殊的权衡。其实所谓的"过五关斩六将"之举,在正史上基本上没有实据,关羽离曹出走并没有遇到那般绝大的艰厄。

《三国演义》中这位具有雄才大略的权谋家,却曾不止一次有过宣言式的表白。最典型的是第五十六回在大宴铜雀台上对诸官说的那番话:"孤本愚陋,始举孝廉……图死后得题墓道曰:'汉故征西将军曹侯之墓。'半生愿足矣。……身为宰相,人臣之贵已极,又复何望哉?如国家无孤一个,正不知几个称帝,几人称王。或见孤权重,妄相忖度,疑孤有异心,此大谬也。"自谦中深含自负,洗白时充满霸气,真真假假,纵横捭阖,肆无忌惮却又非浅薄的张狂之士。总之,从里到外,从内在气质到行事风格,活脱脱地彰显着一个十分丰满、复杂,而又统一的人物形象:一个恶人,一个能人,一个大能人;一个多疑之人,却又不是一味心胸狭隘只有尺寸眼光之人;一个大有作为的人,又是一个有缺陷有缺损的人——这就是罗贯中笔下那个阿瞒公给人的全部印象。

也许正因如此,著者同时加于这个人物头上那些负面的头衔,如"奸雄""国贼"之类都被冲淡了不少颜色,减去了不少分量。其实,在思想倾向上,本书著者在别的场合也有不小

114

的随意性。如在曹操征张绣的一节中,当操中绣之计慌乱中败走时,书中多称曹方之敌为"贼兵"和"贼"。如此好像曹操和魏方又成为正面形象了,幸而一般读者很可能并不甚注意这些细处。既如此,反过来讲,称曹操做"奸雄"与"国贼"之类也便不须过于看重了。

对于曹操这个人物形象,书中另一方面的描写也是不能忽略的。这体现了他个性中的魅力。以他的"笑"为例,给人印象最深的是赤壁兵败后曹操率少量残兵败将逃归,于途中三个节段的三次大笑,不仅是"好了疮疤忘了疼",而且是"疮疤没好就忘了疼"。现在的年轻读者对曹操的此种表现颇为欣赏,认为是一种真正的"酷"。在《三国演义》中操的笑还有多处。如在开篇不久董卓肆虐,群臣无计可施只能抱头痛哭时,曹操独"抚掌大笑",曰:"满朝公卿,夜哭到明,明哭到夜,还能哭死董卓否?"这是对一群冬烘的讥笑,表现了操之胆识,有大家之气。此后便引出了他献刀刺卓之举,虽未成功,也算证明了他的笑非虚妄之笑。

当然,不是因为写了曹操这一个成功的人物形象,便成就了这部《三国演义》,让此书成为中国四大名著之一。如果拿历史上其他历史小说与之对照,诸如我小时候读过的《杨家将》,以及由此派生出的《杨门女将》《穆桂英挂帅》《十二寡妇征西》等;还有《薛仁贵征东》《薛丁山征西》《罗通扫北》《秦英征西》,以及《说岳全传》之后的《岳雷扫北》等,相互的高下轩轾也便分了出来。它们或则历史脉络不清，或则指向不明，如"征西"，是吐蕃还是西夏？"扫北"，是辽还是金？更主要的是离史实太远。反正是不"征"则已，一"征"便大获全胜，班师还朝。其实以北宋为例，纵然志士仁人不少，但对北方用兵乏善可陈，偶获胜绩，结果还是屈辱的赔款赔物，令人扼腕。这类小说的结尾，大半以虚构胜绩使读者心理上得以抚慰，甚至几成套路。要不就是牛皋抓住金兀术，骑着后者大笑而终；要不就是秦桧奸贼被大鹏金翅鸟啄了发背疽而死，与其妻王氏一起得到了报应。

对照其他，我对罗贯中愈增敬意。他不仅使我们后世读到了真正称得上名著的历史小说，也启示我们应当如何使感情与理性相融合，辩证地对待并塑造笔下的艺术形象。这里无可回避的是，态度要严肃，要有足够的驾驭能力，缺一不可。

与《三国演义》联系比较紧密的是京剧。我的胶东老乡，一位前辈京剧专家曾告诉我，在根据历史故事编演的京剧剧目里，以三国戏为最多，应该是数以百计。记得我小时候去县城戏院看戏，海报上经常打出的也是三国戏。如《千里走单骑》《赤壁鏖兵》，都包括好几出折子戏；有的干脆以《三国志》命名，是连本戏，足能演上好长一段时间。

在三国戏中，以曹操为主角或重要角色的也不在少数。当然，大都是采自《三国演义》中的节段。但以我当时看戏时的感觉和后来的回忆，戏剧与小说相较，虽有大同亦有异处。

以曹操的扮相来说，"细眼长髯"正是《三国演义》曹操出场时的简短介绍。至于描白脸，一般的说法不外乎是奸相的共同脸谱。但也有并不完全相同的诠释。我的一位叔伯二舅走南闯北，是对戏剧演出很有悟性的票友。他的感觉和理解是：曹操的脸谱绝不止一个"奸"字那么简单，还透着别样的智慧和诙谐多趣。我循着这一思路对演曹操的行家的脸谱仔细品咂过，从细处读出当年二舅所言确实不无道理。后来进入大城市后，听名净演曹操在唱腔尤其是道白中也别有韵致，这是某种曹操独有的味道，不完全等同于一般的白脸奸臣。

舞台表演毕竟与文学描写的路数不同，京剧中的曹操形象更直观，个性更强烈，但相对而言比较单一，除了净角曹操的直接表演而外，又通过其他方式揭露和控诉曹操无以复加的冷酷狠毒。如《捉放宿店》中与操一起出逃的陈宫所唱："我先前只望他宽宏量大，却原来贼是个无义的冤家""好言语劝不理蠢牛木马，把此贼好比井底之蛙。"在《逍遥津》中，老生角色汉献帝声泪俱下唱出曹操对其的迫害："欺寡人好一似那家人奴婢，欺寡人好一似猫鼠相随。欺寡人好一似那犯人发配，欺寡人好一似那木雕泥堆""牙根咬碎，上欺君下压臣作事全非。"就是这样一个霸气十足，对上下人等无不颐指气使的权相和统帅，在三国戏某些战役中偶也受挫失利时，舞台上的他竟表现出一派狼狈相。如在与西凉马超的遭遇战、征张绣夜间被张突袭，也会慌不择路，侥幸脱逃，尽失"挟天子以令诸侯"的一派威仪。对照小说，京剧舞台上有的情节化繁为简，有的又变简为繁。前者如剿黄巾、群雄讨董卓的前前后后，曹操戏并非重点；后者如《战宛城》，在京戏中是一出好看的大戏，而在小说中则不足一回。在剧中操由其侄曹安民、儿子曹昂陪同，在宛城猎艳寻欢，得遇张绣之寡婶邹氏，一拍即合，带回营中极尽欢愉狎邪之能事，亦成为操取祸被袭之端倪。《战宛城》的邹氏是剧中主角之一，是骚型花旦的重要人物形象。早年有"踩跷"绝技的演员多擅演此剧。而在小说中这些情节只不过是寥寥几笔而已。由此不难看出，京剧剧目虽采自小说，但在许多地方确是侧重点不同。这说明语言艺术和表演艺术各有擅长之处。大致上说，小说在很多情况下适于展开，易于铺叙，利于揭示人物的复杂性、多面性，而京剧则更适于在某些具体方面鲜明亮出，凸显其突出特点，如《长坂坡》中操发布命令："只要活赵云，不要死子龙。"这便从客观上造成赵云得以左冲右突，反复冲杀，减少了自身被杀伤的可能，彰显了操之爱将惜才心切。另如在《横槊赋诗》一折中，角色韵味十足的吟唱，此情此境，物我相融，自然比小说的文字描写气氛更加浓郁，人物内心世界剖露更加真切。再如《华容道》中操在绝路求生时对关羽近于哀告的语气和情态，恭卑中透着机诈。

总之，京剧与小说尽管表现方式有一定差别，但曹操的形象塑造都是很成功的，尤其是在前辈净角大师郝寿臣、袁世海等的精心创造之下，"活曹操"的影像仍在京剧舞台上生动映现着。

　　关于曹操的形象，包括京剧舞台上的"大白脸"，在二十世纪五六十年代之间曾掀起过一阵翻案风。在话剧舞台上，在有的剧目里，曹操一变而为话剧中的"正宗须生"，形象似乎是愈正愈好，如此方能体现出曹操雄才大略的政治家、军事家形象。但所有这些，在京剧领域中影响并不大。因为曹操的形象已成为数百年间在观众心目中约定俗成的"典型品牌"，而它并非简单化地丑化。

《水浒传》新说

　　对于四大古典名著之一的《水浒传》，其主题思想最传统也最经典的说法当然是反映了如火如荼的农民起义革命斗争，当然还有比较充分地揭露了封建统治者(以我们今天的定义)尤其是贪官污吏、土豪劣绅对善良人民包括不同阶层正直人士的残酷迫害、欺凌与压榨。提高一点说，是揭示了当时的阶级矛盾和阶级斗争。这类定义一直贯穿于新中国成立前的根据地和新中国成立后"文革"之前。所以在抗战时期的延安，就有了根据《水浒传》的故事情节创作而成的《逼上梁山》《三打祝家庄》等剧目。但到了二十世纪七十年代的"文革"中，却掀起了一场相当规模的"批水浒"运动，部分情节被指斥为"反贪官不反皇帝""写招安的实质就是投降"等，使原来多少年间的响当当的革命主题一时陷入五里雾中……

　　本文不想就《水浒传》的版本以及成书的时间等详作考据，因为那类常识许多人也略知。其中除了七十回本(实为七十一回本)为清人金圣叹所做手脚之外，一百回和一百二十回本则包括宋江等人受招安后分别征辽征方腊与平田虎、王庆之类的情节，无非就是相互残杀而已。

撇开种种的枝节问题，本文欲集中于这部《水浒传》的主旨究竟反映了什么思想（并不以"已有"就不再细酌），而搜求本书作者的主观意图恐怕相当复杂，本人倾向于从作品所"喷散"出的客观思想加以尽求实事求是的分析。

传统中的所谓"农民起义"基本上是以揭竿造反为标志的。其实，在封建时代的揭竿而起可依其宗旨目的与规模范围等有所分别：一种是在起事之初或不久之后即比较鲜明地打出与皇帝老儿做对头的旗号，而且有的也一度推翻了前朝统治者暂时坐上了"龙位"，其中较早期的如陈胜、吴广（中途失败），黄巢（最后失败）等；较后时期的如李自成、洪秀全等。但是有的虽有某种口号，却并未明确亮出誓要夺取天下而改朝换代的宗旨，大都是"造反"后仅在较小范围内与统治者的地方政权、地方武装发生冲突与厮杀，而或长或短的时间内即告失败。这一类在所谓"农民起义"中应占多数，其特征并不仅在其规模较小，更因其主旨不那么明晰，多带有被迫而起也较被动的特点。我认为《水浒传》中所反映的晁盖、宋江据梁山水泊以对官军情事基本上应属后一种类，称其为"造反"应该是无话可说的（不论宋江为代表的一"派"如何辩称，也是如此），然而，梁山中的哪一"派"在造反对抗后的宗旨都不是很明晰。新中国成立后在教学和学术研究中为了在古典

121

文学中树立一个真正农民起义军与封建统治者做对头的典型，则将这些蓼儿洼的起义者抬高了不少，似乎梁山泊就是一个农民政权的雏形而最终可以推翻腐朽的大宋王朝。其实就作品所反映出的基本倾向而言，他们中哪一位也没有恁般庞大的胃口与"野心"！许多人往往喜欢引用作品中黑旋风李逵的一些浑话"杀上东京，夺了鸟位；晁大哥做了大皇帝，宋大哥做了小皇帝"等，借以证明这帮造反者的"政治理想"就是奔着夺得政权改朝换代去的，殊不知这不过是小说中一位特殊人物的性格话语；何况每在他"胡言乱语"时，都要受到他的领路人宋江"你这厮"一类的呵斥，这在相当程度上证明李逵的"情绪宣泄"是没有本质上的代表性的。

那么，以宋江为代表的一些人始终打着反贪官反奸臣的旗号，内心则希图被招安，就是作品所反映出的深层的主流意识吗？从表面上看似乎是，但是笔者经过几十年的反思，发掘其潜隐的主流意识却认为不是。这里不论作者的主观意图究竟是什么，表面的或潜隐的，单纯的或复杂的，但不要忘了一个基本的论点，即形象大于思想。从《水浒传》所呈现给我们最初的人物活动和最具本质意义命运的人物乃至留给读者印痕最深的那些人物形象来看，他们大都具有一个共同的与基本的属性，即突出的还是一个"逼"字，还是多少年留给后世的那个关键语——"逼上梁山"。这个"逼"，是货真价实的走投无路之"逼上"，是命运已处绝境仅余一线之路的"逼上", 是完全无辜与正直善良而遭飞来横祸或因正义反抗而致祸的"逼上", 是在那个时代走正路亦不可行, 做好人亦不可得之"逼上"。符合上述标准和基本情况者有谁？不消过细盘点, 即可历数出: 林冲、武松、鲁智深、解珍、解宝乃至花荣等人; 有的虽属因劫不义之财但仍含有反贪暴意义, 如晁盖、刘唐、阮氏三雄等人; 有的虽属个人激愤或"打抱不平"而杀人的"逼上", 但从那个时代的道德观念考虑仍有可以理解的因素, 如雷横、石秀等人; 有的是出于仗义为搭救无端遭害的友朋与官府做出抗争最终而"逼上", 如戴宗、李逵、张顺等人; 有的虽原为贵胄富户因主持正义而遭陷害最终"逼上", 如柴进等就是; 有的最初虽不想落草但"时运"不济, 辗转多舛最终还是被"逼上", 如杨志等人即属此类。至于宋江与杨志之类仍不同, 他本属出于仗义而遭阎婆惜讹诈死逼, 犯罪后理应被"逼上", 却仍不甘为"寇", 直至最后群雄闹江州从死神牙缝里被抢救出来, 才不得不上山"替天行道", 表面视为"逼上"实则暂且栖身, 进而"曲线归顺"。从潜隐的本质意义上说, 宋江被"逼上"的因素虽很充足, 主观上却时刻都幻想"下来", 再循另一条阶梯上去。其人虽也"仗义", 却始终身居客位, 不肯全身"进入", 更不想深度涉水。从本质上说, 他虽在表面上上了山, 并身居实际上的首位头领, 却算不得真正的"逼上"。再如那些朝廷命官、中上层将领、富甲一方的员外诸人 (他们不仅数量上在一百单八员中占有不少等分, 而

123

且还很具有分量,多为马步军重要头领,甚至是"五虎上将"的等级),彼等或则在与梁山军战败被俘,被"感化"而暂居水泊,如关胜、呼延灼等,有的是宋江、吴用用计"智赚"上山,如秦明、徐宁等,更有的干脆是用并不那么光彩的招儿断其退路而"拖"上山的,如卢俊义、朱仝等,其中卢俊义的上山过程更为复杂,更加一言难尽。

如此说来,所谓梁山好汉的"逼上",并不都是被真逼的,大致可分为:有的是誓死上山,有的是勉强上山,有的则是暂时栖身再谋进取,甚至也不排除以梁山实力为资本,作为日后接受皇上招安讨价还价的条件。当然,毫无疑问,苦大仇深、对奸贼当权者怀有切肤之痛的林冲等人自然反对招安;对奸佞恶霸认识深透极少幻想的武松、鲁智深等人当然也不赞成招安;本来就出身草根民众,从未想过当官以求荣的阮氏三兄弟等对招安天然没有兴趣;还有不少,本来就一直与官家权贵、财主恶霸形成冤家对头(而且自在惯了)的分子也肯定对招安不会有什么兴趣。尽管如此,根据《水浒全传》(一百二十回本还是一百回本)的结局,所谓的梁山好汉们还是被招安了,说白了就是归顺了朝廷。

"文革"中曾经有一种说法是《水浒传》的好处是写了投降"。当然这是以阶级斗争为纲观点的批判性结论,从某种意义上也可以说是作为一种深刻教训的反话,从教化意义上讲不能说是不对的。

然而,笔者却认为,从某个方面抽出的一种结论还不能代表全书,尤其是所有鲜活形象提供给我们的基本思想,更不能囊括一些最具代表性的人物活动所反映的本质意识,应该说这是最实事求是,最有说服力的,因此笔者所谓的"新说",虽然不仅指区别真正意义的"逼上"与非真正意义的"逼上",但"新说"却必得从真正意义上被"逼上"那些人说起。

　　非真正意义上"逼上"者暂不说他,要说的是那些真正被逼上、誓死不下梁山的中坚分子。他们上了梁山的下一步又要做什么?作品中的人物言行提供我们的,基本是避祸以坚守;再就是为防侵扰而清扫远近的危险据点乃至城池(如祝家庄、曾头市、东昌府、东平府等);还有对抗并击退官军的进剿,同样是为了自身有限目的之必须。至于这类坚守派有多少人,比例有多大,反正绝不仅是"苦大仇深"、有切肤之痛的那几位代表人物,即使并无多少独立思考的更普通的成员中,也有一种朴素的直觉:只要山寨不破,水泊能安,现有的生存条件就能保全;即使不求大举出击,亦强撑局面,纵然是在一个小范围内与"官家"分庭抗礼,也足以使他们无可奈何! 在这类人物成分中,昔日的猎户解珍、解宝是,"开山元老"朱贵、杜迁、宋万又何尝不是如此。作品中对后一类人物并未更多地交代其背景来历,但完全可以推想,他们或因一贫如洗生计无着,或因遭遇灾祸而无处栖身,才与当日"白衣秀士"王伦寻得了这块苟安之地落草。如果能够长期坚守而无剧烈变动是最符合他们的具体处境的。

应该说,在坚守中,林冲、武松、鲁智深等是较有清醒头脑的,但就是他们,也没有依靠自身的力量图王霸业、改朝换代的政治理想和"雄心壮志",就是"造反",也是被逼出来的。不错,林冲至死也未泯报仇之心,他与高俅等奸霸之辈永远是不共戴天的。武、鲁等人从自身的体验中,再也不会对权奸心存半点幻想,却也都没有彻底推翻赵宋皇帝以改天换地的想法。至于李逵,如前述,他的那些"杀上东京,夺了鸟位"的莽汉话语在梁山诸人中是没有多少应和者的。实际上,他同时还是归顺招安派代表宋江的本质崇拜者;从总的方面讲,他是跟着"宋大哥"走的。过去的一些评论者多认定李逵为"阶级觉悟最高""革命性最强",其实还是缺乏更全面的冷静分析的。逵者,其鲁言莽语作为人物个性而言颇有价值,但从梁山泊政论意识角度分析是没有多少代表性的,因而意义也小。

如果我们单从宋江为代表的终归被招安的趋向得逞了,就以此结局认定归顺朝廷乃是《水浒传》的主流意识,那就未免太表面化,也不失肤浅了些。这正如从李逵说了几句直欲推翻赵宋王朝的话,便认为梁山也有一派力量真的在步黄巢后尘或为李自成、洪秀全前驱呢。这两种表现,不仅都够不上梁山泊主流意识,就连部分人的明确想法也够不上。而真正的主流意识不仅应从某种悲剧结局上看,还要看一些主要人物,特别是"完整命运"人物的思想和行为,以及与他们相似、相近或有共鸣的更多的人是怎么表现的。我所说的小说中的有"完整命运"的人物当然首推林冲、武松、鲁智深(以往还有宋十回和石十回的说法);其次就是"智劫生辰纲"中的晁盖、刘唐、阮氏三雄等一组人;再者还有另外一组及个体上山者的有共同点的成员。过去有的评论者在提到林、武、鲁等人的"完整命运"时,只解释为是当初说书人话本基础的存留,今天看来,我以为正是这些人的经历和意识支撑起了《水浒传》的主题框架。甚至还可以说,武松、鲁智深等人最初没有直接上梁山,也不仅仅是作者的构思安排所需,潜隐地也反映出这些人的某种自主意识,也难怪当他们后来融于梁山后,其表现似乎大减光彩,这也不仅仅是最初说书人的自然结构所致。至于林冲,他在最早期即无奈上山,此又当别论。这些人所反映出的与官府分庭抗礼的割据立场,扎寨以自保,至少达到不被官军吃掉,在此基础上徐图进展的清醒意识,我做了一番粗略统计,不仅在成员质量上占主流,而且在人数上亦可占到一半以上。在这方面,梁山的首创者,包括白衣秀士王伦,大体上也都属于此类。

由此可见,自秦以来封建时代的造反者,不仅是那些有图王霸业、改朝换代雄心的起义队伍及其首领,还有更多的大大小小是被迫铤而走险,造反起义,然而始终缺乏明确的"政纲"与长远的目标。纵然他们有的纵横数省持续经年,最后还不免以失败而告终。我同样在这方面做过粗略的统计，这类起义造反者如以"起"计，应是占多数的。

小说《水浒传》所反映的实际上是在北宋末年那个奸恶当道、民不聊生的社会背景下，一些正直善良的人被逼无奈，割据一方，面对官府，以武力求保全，说白了是融会了义士、侠客、武者、正直落难的知识分子、下层手工业者和农耕、渔猎等三教九流贫民为主体的不大不小的乌托邦。他们期望稳固安定，自立自强，不再受制于人而利益共享。但其实，他们始终处在极其险恶的环境中，从初期的州官派兵进剿到皇朝中央一级大军讨伐，加以官家爪牙、地方恶势力滋扰袭击总无宁日。事实上，他们起码的可保自安的"理想"也难以真正实现，因为，从本质上说，对赵官家而言，他们还是造反的"贼寇"，这是绝对难容的。退一步说，即使侥幸存在，再过若干年，北方游牧民族骁敌金、元南侵，也不会容许他们安生。

但不管怎么说，梁山泊造反者的主流意识，既不是仅凭某种概念定性为打天下，志在改朝换代的农民起义武装，也不是总体走向招安投降的悲鸣一伙。他们并非个别，因为历史上有此揭竿对抗的同类，却又很独特，他们个性鲜明，阅历曲折，有其自主的主流意义。因为本书是小说，是以形象告诉读者，他们为了什么，都做了些什么。水泊梁山绝非某种概念的产物，用这顶帽子或那顶帽子下一个简单的结论，都不适合。笔者所称的"坚守派"，也是从其主体表现中归结出来的，

128

而不论他们宣称了与否。这也是笔者题目中所言的"新说"之真谛所在。

不过,一言以蔽之说这种意识就是"乌托邦"也还是绝对了些,因为这也不是绝对行不通的独立自保抗击强敌的一种形式,最典型的例证是:距梁山泊起义军之后一百多年的南宋之末至亡国后,四川合川钓鱼城军民联合抗击蒙元入侵的骁骑,他们据险固寨,军民一面抗敌,一面在山上种植并打造军械,自保自立,坚守了三十六年之久,就连敌酋蒙哥汗也中炮死于山下。如果不是最后一代守将王立开门降元,军民尚能坚守到何时,实难预料。因此,在某种特定条件下,坚守派也非绝对不可行地一厢情愿。当然,就总体而言,小小的局部坚守如要持久确实很难,但作为一种生存意识,甚至是一种特定模式,它在很大程度上反映了封建重轭下,生存维艰的农民和小有产者及其知识层代表的一种企愿,还是很值得重视的。

最后,从人性角度关照一下梁山泊坚守者的成员也不无意义。他们从战略上缺乏远见,少政治目标是事实,但这些人在人气上比较"干净",不乏豪气与正直的心地。如果不是被逼万分无奈,他们中的大多数人也许不会落草为寇。但从做人准则和道德角度上,他们大都符合那个时代人们的考量标准。以早期主要头领晁盖为例,他虽在众人中有一定威望,但在上山后特别是事业做大后,却提不出下一步明确的口号与"政纲",显得义气有余而方略滞涩。这就难怪早怀此意的宋江适时提出了"为了众家兄弟的前程",接受招安是唯一的出路,这对心怀"封妻荫子"谋些名位的成员来说当然是极具吸引力的。但是我们也看到,晁盖虽在目标与谋略上有所欠缺,但在坚守的立场与做人的厚重上却是无可指摘的。至于林冲直至宋江上山后始终历经战阵,凡重大对垒皆有林教头的身影,从无畏葸私心,可谓德重艺高于一身。还有拼命三郎石秀,虽在杀嫂(潘巧云)一节上历来为评者认为忒残忍了,实则如以当时道德观念视之,该石多出于为防结拜兄长可能遭害而一并出手,但自上梁山后,凡探明祝家庄、大名府劫法场情急中自楼上一跃而下,皆体现了一种义无反顾的舍命精神,等等。由此可见,凡梁山泊中原则立场之坚守不移者,从人性角度上亦多闪射着正气之光。两者之间往往是统一的。与此相对照的另类人物燕青(小乙),从作品的艺术形象看亦较丰满,有若干活灵活现之笔,对主人卢俊义也很忠忱,但此人后来的作为基本上是充当招安信使的角色,很难说有什么正义感人的力量。尽管坚守者们最终没有占上风(加之小说又"安排"了晁盖中箭身亡),但他们中的不少成员(多为中坚力量),在原则立场与人性光色上几百年来在读者中有良好的口碑、深刻的印象。传统的爱憎倾向常常并不以最终成败论英雄。何况宋江代表的招安"派",尽管实现了致力的目标,但到头来搞得一个个地死去,统治者等于达到了借刀杀人的目的,所以招安"派"也算不上是什么"赢家"。

从人性角度上再加剖析,也可算是坚守山寨水泊以抗邪恶的主流意识的一种"辅料"吧!

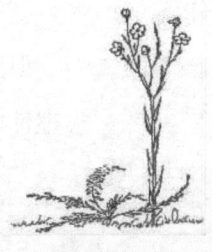

又想起曹雪芹和《红楼梦》

想起了他和它，是因为报刊上的一场空前激烈的争论：有人认为《红楼梦》是一部最乏味、最看不下去的小说；而另有人(不乏重量级的大腕)则义愤填膺,斥对方几近无知,不可容忍,差不多到了口诛笔伐的地步。

我觉得这种势同水火的对立是正常的，也是很平常的。对于文学作品,一般而言,有两种读者反应：一种是理性的,或者说是学术型的；另一种是非常偏激的,甚至是情绪化的。这是由读者的性情、价值观、人生经历、艺术色调等因素所决定,反应有差别没什么奇怪,极端的"好"与"不好"("好"为去声)虽属少数,却也不必厚此薄彼。说实在话,我在大学读书时,作为中国古典四大名著之一的《红楼梦》,当然是教授指定的必读书,结果我断断续续读了十年之久才算读完,较之读《三国演义》和《水浒传》的进度慢多了。

但随后若干年直到现在,我对《红楼梦》的总体感觉还是很理性的(当然只能说是我个人的"理性")。

怎能想象:举家喝粥,一家之主还要经常赊酒,仍要咬紧牙关坚忍地写,写下去,将昔日的锦衣玉食与现实中的清贫对接,而敝屋寒风吹走了廉价的宣纸,毕生血泪与更漏同一节奏地滴滴……直到最后一息,所幸滴成了八十回精品。

西山的红叶,飘走了二百多年的时光,百年来,对此处的探秘之声不断,有人进入字里行间就迷路,有堪称泰斗级的大学者也说越研究越糊涂。好像谁进了大观园,谁就可能变成刘姥姥。

作品蕴含的总体思想众说纷纭,莫衷一是。多少年来,从巨人到普通士子都想做出一锤定音、切中本质的结论,从反映的是阶级斗争到其实是个人和家族的兴衰史,为已薄西山的夕阳谱上一曲难以追回的挽歌,等等。至于还有说写的是宝黛"双水分流"之类,早在二十世纪五十年代就被批得体无完肤。总之,这各种各样的观点与结论,好像大都是跟着自己的感觉走。所以直到现在,也还没定位于一个大家都服得五体投地,没有任何杂音的无可挑剔的结论。

言及此,我不由想起当年在天津一家出版社工作,作为副总编,分管一本专门研究《红楼梦》这部书的刊物。这是由北京的一家研究机构编纂,由我们社出版的双月刊。在很大程度上是由于连出了好几年,有关这部书的方方面面都研究一遍,以至连大观园的原型到宝玉的头发都搜求到了;有的不仅发了单篇文章,研究者还另出了皇皇巨著。记得有的还考证过在曹雪芹生活的那个时代赊酒是怎样的赊法。作者还无限感慨地说,幸而今人再也不需赊酒,赶上腊八节还能喝上五香的腊八粥……

看来创作者和研究者很有"挖一口深井"的探求精神,但似乎不宜在一书上过细死抠;如果连贾宝玉的通灵宝玉的重量以及这位贵公子的头发有多少根也钻研,就不值得赞赏了。

其实,对一般人而言,了解这部著作是真正的才子书,一部耐得品味的雅俗共赏的稀世名著就差不多够了。至于不同的读者对其喜好的程度,是嗜爱如命还是兴趣不那么浓烈,真的不必做一律的要求。有所遗憾的是此书早出了二百多年,没有赶上茅盾文学奖;至于诺贝尔文学奖,按人家规定已上天堂的作家的作品不在其列,没得也罢。

古典名著中的"无奈"与"随意"

　　说是我国的四大文学名著,其地位已够稳固。总的说来已不可动摇,对于一般读者来说,绝大多数恐怕是无从质疑,甚至认为其完美得无可挑剔,这只是一个方面的情况。其实从另一方面说,在一些枝枝节节上从来还是有些说辞的,甚至还存在某些争议。譬如:成书的过程啦,作者的确定性啦,版本的种类啦,更不必说作品的思想倾向、与史实的关系等问题,都存在着相当的探求空间。简言之,绝对不是无话可说的。

　　笔者在这里所要说的,是长期以来对《三国演义》和《水浒传》的某些想法。

　　"赤壁之战"——这是《三国演义》中最重要的一个节点。从历史意义上说,向来认为此役决定了魏、吴、蜀三国鼎立的局面;从军事意义上说,自古至今,被不止一位杰出人物定位于以少胜多以弱胜强的经典战例;从文学价值而言,是公认的大开大合、跌宕起伏、精彩无比的高手杰作。新中国成立以来,高中课本曾经节选,大学中文系课堂上专题讲授,京剧舞台上各种版本的"赤壁之战"闪亮展演……

不错,围绕着决战确实有一系列的好戏看点,如:周瑜打黄盖(苦肉计)、蒋干盗书、草船借箭、巧献连环计、横槊赋诗,等等,都是对最后决战的铺垫、烘托、渲染及至有效促成。然而,当真正"三江口周瑜举火",人们要看大战的真家伙时,小说却着笔不算太多,许多读者所期望的场面、气势,对阵之惨烈,尤其是曹方将士败亡的具象描写,有,但嫌不够充分。当年在大学读书时谈及此节,我即有些感觉,当时有人做了权威性的解读,说是铺垫性的文章做足了,真要打时则可以数笔带过即可,这才愈显出高手在处理题材上的非凡之处。当时我似觉有些道理,但后来仍觉不无牵强。后来的几十年间,由于涉读了较多的史书和野史之类,接触到一些有关对赤壁之战真相的探索文章(如战役的规模、参战的军力人数等),更觉名著的作者可能也面临着一个实际问题,即赤壁之战在《三国志》等史书上的记述都比较简扼,许多重要情况交代得并不充分。在成书与事实发生相距一千多年的情况下,恐也不能不借助一些野史和民间传说。譬如说,在小说中,曹方兵力或曰百万, 或曰八十万;而到了京剧中则又多出一个零头——八十三万。不知从何而来?这庞大的兵力人数绝非是个无足轻重的问题,它牵涉到战役的规模、胜负的意义,以及作家处理题材时如何摆布的问题。试想,八十万的血肉之躯,那得多大规模的烈火,得焚烧多少时间,才能烧完?因在江上与江畔,不似在陆地上有开阔地带进行兵刃厮杀;空间相对狭小,依靠冷兵器砍杀更难短时间将八十万敌军解决;何况看小说中所述,周瑜分派的几路将兵,多是在船上,展开大规模的交手也相当有限。那么,八十万的军兵是被火统统烧死、熏死,还是落荒溺水而死?然而,始终不要忘了那个庞大的数字啊。这不能不说是症结所在。这也就是细心的读者对小说写到真正对决、厮杀时的描写感到不够充分,更觉不过瘾的可以理解的原因。

由此再看认为多写外缘、写足铺垫而决战过程无足轻重的观点,无疑存在着明显的漏洞。甭说是写古代战争的小说,即使是近现代的战役报道或文艺通讯,其重心也是绝不应忽略的,记得解放战争中攻锦战役,当时和稍后报纸上的"文艺通讯"(速写性质的带文学味的文体),除了扫清外围的攻克义县、阻敌增援的塔山血战以外,也大力着笔于攻打锦州城中工事配水池的反复争夺,包括战斗英雄赵兴元等的浴血拼杀,有事件过程更有具体人物的精神和行为。也许是"三国"影视剧的编导为了弥补原著中这方面的不足,在影像上加大了"火攻"与血战的具象场景(电视连续剧《三国演义》和稍后的电影《三国》)。

于是便引出一个在战争史学上有争论的问题,即赤壁之战的规模到底有多大?不少人认为它并不像曾经说过或想象中的那么大；有人甚至干脆说是一场不大的战役。它固然相当重要：曹操此役败后就再没有发动"渡江战役"。但原来被认为的规模显然是被夸大了；而且造成曹军溃败的原因还有：当时奔袭征战、隔江对峙胶着，将士已相当疲惫，加之水土不服疫病流行，北方将士不善水战等。相对而言，一些有利条件包括运气却有幸归于孙吴方面。这样综合分析应当说是有道理的。古今中外不同的环境和气候条件对攻防双方产生不同影响的例证并不鲜见：1941年冬季莫斯科郊外的严寒，直接减缓了德国法西斯军队的进攻势头，而对保卫莫斯科的苏军而言，由西伯利亚调来的主力军则早已习惯了风雪严寒的天气，且有充足的御寒衣物，等等。这一反一正对苏军取得莫斯科保卫战的胜利至关重要。另外，在1947年夏天我华东野战军进行的鲁中南麻战役中，由于连日天降暴雨，使我军挖掘的近迫作业壕沟被雨水灌满，爆破用的炸药也被湿透，等等，同样也是这次战役未达到预期目标的一个重要不利因素。至于赤壁之战中曹军究竟有多少人马？史学界经多方考据，较公认的人数是二十余万人。应该说这是一个比较客观冷静的结论。而吃掉二十万与吃掉八十万情况当然就大为不同。

另一个方面，或许与此有一定联系。我很长时间以来一直未能完全解惑，即：江上鏖兵，火烧战船，而船与船之间又有铁索相连，当烟火弥漫时，军兵慌不择路，自相践踏。那么曹方的将领呢？也怪了，凡是有名有姓的嫡系(也可谓"黄埔系")的主要将领一个也没损伤。难道他们当时都没在船上？还是当火起时，他们都丢下士卒而逃之夭夭？不会吧，这也不合曹公的治军精神哪！抑或是，大火也有势利眼，专找普通兵卒和低级军佐，而单单施恩于主要将领？恐也说不过去。小说中倒是写了有的将领为保护曹丞相，率先弃船登岸，逃往安全地带，但也不可能所有的将领都不顾部众而簇拥主帅逃生。当中只表有两名曹将被吴军所杀，还偏偏都原是袁绍部下的将领，也是三流末将而已。而主要将领安好俱在，便说明曹方军队骨架无损。

此一关节，一直是我多年来百思而未尽释然的。最后我仍归之于所谓的赤壁鏖兵在其规模和惨烈程度均较传说和想象中有较大差别，不然曹阿瞒的帐前基本将领一员未损即难圆其说。这乍看是一个偶然现象，却恰恰是一有力的佐证。除战役规模和惨烈程度之外，是否还有别的关节至今仍难以参透的呢？几十年近百年的近现代史上尚且存在某些悬疑，何况是一千七八百年前的陈年往事呢？小说中云曹操率部自乌林逃出又遭赵云、张飞、关羽三拨军马拦袭，由数百骑以至仅余数十骑，彻底是全军覆没，但所余者却都是心腹、亲信、基干将领，从某种意义上说，也是曹公不幸中之万幸。

中国古代小说、戏曲在夸张手法的运用上应该说是十分习惯，二十几万与八十万、百万之众是一例；后来(公元222

139

年)彝陵之战火烧连营刘备几损所率之征吴军七十余万亦当有虚数。试想当时的四川加汉中人口也很有限,再加蛮王之部众亦不会有那么多,何况总还是要留下部分军队留守蜀中大本营嘛。

综上所述，无论是赤壁之战在作品中表达有漏洞也罢，尚存值得推敲的疑点也罢，却并非完全属于失误，公平的说法应该是出于某种无奈。因为《三国演义》的成书宗旨是"七分真实,三分虚构"。既然赤壁之战在历史上是那般无可比拟的重要，而正史提供的原始资料又简略有限，为了有声有色吸引眼球，为了与它的历史意义相匹配，作者恐已倾尽心思和笔力，尽量利用他所处时代之前的所有野史、传记，再加自己杰出想象力，尽力铺垫，尽力烘托，但仍有无奈之处，因为他毕竟不愿与史实离谱太远。但,八十万军卒遗尸何处,如何处置？曹方主要将领既然此后尚在，又不好将他们中的××写成"殁于此役"。这便给后世的细心多事者看出一些颇值得推敲的节点。

"第一才子书"的作者在正史硬件不足和野史传说的矛盾与无奈之下，也只能选择一条略带模糊哲学的途径，既对得住自己的艺术良心又符合社会心理的处理方式，也算不辜负数百年前先辈作家的一片良苦用心了。

如以带些调侃意味表述的话，这可否算是一种"无奈的现实主义"？

再说《水浒传》。笔者少时最先接触的是七十回本(实则七十一回)，即由清初批评家金圣叹"腰斩"后又加一回卢俊义惊梦梁山好汉尽皆被斩而告终。成年后在大学及毕业后"文革"中偶然机会又读了一百回本和一百二十回本。就我个人的感觉而言，哪个版本也不如七十回本读起来"爽"。且不说金圣叹当时是出于何种阴狭的心理动机对此书动了"手术"，但客观上也算是做成了一件事情。读者完全可以不顺他的竿儿爬，拒读他最末续成的尾巴就是。七十回本以一百零八位好汉齐集水泊梁山，来了个英雄排座次，实现所谓"八方共域，异姓一家"的乌托邦式的理想。七十回本没有招安的完成过程，但这正合于笔者在上大学时即形成的《水浒》一书基本思想线路的雏形。这就是以其"主流派"而言，他们并不似宋江那样迷信招安，追求所谓"封妻荫子"的前程；而是据险以自保，相对远离封建统治的中心，割据一方求取相对独立的有限空间。他们其实并无明确远大的"政纲"，也没有彻底推翻最高统治者的雄心与战略目标。但这些"主流派"以自身经历和遭遇痛切地明白：与封建统治者及其爪牙帮凶是绝对水火不能相容的，如不坚守则绝无生路可言。这种强烈意愿看似乌托邦，但也并非绝对空幻的产物，在两宋尤其是南宋末年确有这类相对长期坚守而存的例证。所以我称之为"坚守派"。而七十回本有意无意地体现了这种"坚守"的框架。更重要的是,七十回从全书的整体结构和艺术风格上看也比较浑然一体。

而一百回与一百二十回本则是另一种感觉:内容的庞杂自是不说,单从写法和艺术描写上,除了某些章段,如李逵、燕青以及梁山迎击高太尉等尚有些生动之处,总的来说,与前七十回本尤其是与鲁智深、武松、林冲及至杨志、石秀等人有关的情节相较,完全不在同一个层面上。愈到后面,有时竟下意识地使人觉得不是出自同一位作者之手。当年这样觉得,至今也基本未变。说到本书的作者,本来就存在争议。《三国演义》的作者罗贯中,一般没有什么问题。而《水浒传》,七十回本一般是单署施耐庵,而一百回和一百二十回,一般是两个人——施耐庵、罗贯中著。具体而言,更不一致,或曰施耐庵著;或曰施耐庵著,罗贯中编辑;或曰施耐庵著,罗贯中续,等等。其实不仅是《水浒传》,其他古典名著,有的作者也有异议,只是没有形成主流气候,人们还要遵从"宜粗不宜细"的原则,倾向于依据较充分者从之。即以《水浒传》的作者为例,籍属、生卒年代本来就不够确切,甚至众说纷纭。如此便不奇怪,为什么细究时觉得《水浒传》的写作风格、语言详略均有不尽一致之感,而极有可能前后非一人主笔,不排除后有他人插手,等等。这些,作为本来即源于话本传说的一部作品,又并非绝对的历史,出现类似现象当不足为怪。

但比写法风格、艺术品位更值得注意的是,一百回和一百二十回本在内容上有随意增减添加的现象。如征辽、平田虎、平王庆、征方腊的铺排。如果说一百二十回为繁本,"四征俱全",而一百回本为简本,只有"二征"尚可理喻的话,但在接近结尾时一百零八员好汉如秋风扫落叶,或论个或成批,哩哩啦啦绝大多数都被死神收回。恕我不为尊者(名著作者)讳,在情节安排上固然虚构可以,但作为文学作品,在情节安排上也要考虑其应有的合理性和可信性,是吧?

当然,方腊这个对手可能厉害一些,但梁山好汉在"排座次"之前遇到的敌人也并非全是豆腐渣。单拿七十回本的一些较大战役来说,三打祝家庄、打曾头市、攻东平府和东昌府等,对手以及所据的城池寨栅也颇不好对付。但除了打曾头市晁盖中箭身亡 (那还有为宋江当一把手腾空儿的苦心安排)而外,其他战役好汉们均无一阵亡。即使在三打祝家庄时有数名将领被俘,也没一个被杀者;即使打东昌府有多名战将被张清石子击伤,也无一人伤重而亡。难道说是上苍就为了未来集合然后在接近结尾处成批地"处置"?固然小说允许虚构,但虚构也忌讳作者过于明显的随意性呀!

至此我进一步悟到,虽还缺乏完全的论据,但××作××续的情况是可能存在的。前半部中一个"招安"的提示,后部有人再续极可能循前面之线索"圆梦"。然而续有优有拙,有精耕细作也可能匆忙收场。如心急草率,就自然会暴露出生硬的"创痕",所以,有理由相信,金圣叹所持的"著"与"续"非同

143

一位作者是有根据的。

至于写"招安"，如前所述，这只是一个思路，而并非非此不可。"文革"中有一种权威说法，"好就好在写了投降"。这种评价是有当时某种政治指向的，并非艺术规律自然发展使然。即使写招安，写招安之结局，使同类相残，达到两败俱伤而同归于尽是著者或续者的初衷之一，但在具体处理上，也多少给人以"直奔主题"的感觉。意图(如果确是此意图的话)实现得远非完美，不能不留下相当的遗憾。什么遗憾？简言之，后面的一大部分，多写过程，而粗写人物；多交代，而少刻画，虽告诉了读者结局，却很少感受到余味。

言及此，更衬托出前大部分之长使人流连恋读。那一个又一个的精彩篇章——林教头受难前后的扣人心弦，令人唏嘘；鲁智深的义薄云天；七星聚义智取生辰纲，引出宋江奔走两面导致乌龙院杀惜；武松打虎与紫石街上演出的人情悲喜、雪雾血光；李逵沂岭杀虎与解珍解宝猎虎；杨志的背运与人生道路的踉踉跄跄；石秀介入他人"家事"爽中之酷，而"探庄"过人机警与大名府法场"捞人"的忘我；以"三打祝家庄"为代表多达十几出完整、精彩而又真切服人的军事斗争和人性纠合的大戏。人物行动和对话基本上凭借白描手法完成。故而我觉得可称之为"白描的现实主义"。

事实上，多少年来，多少人一提到《水浒传》，能够记住、能够被打动、能够被折服的正是这些不易"编"却能编得极好

144

的精彩故事、鲜明人物、拍案惊奇的情节和细节。事实上,人们基本上是关注他们一个个如何上山,而极少关注他们如何下山;甚至也不大关心他们干出什么征辽、平田虎、王庆、征方腊这类所谓"大业绩",他们对以干巴无味的方式诉说这些人后来怎样实在提不起多大兴趣。

何况,如前所述,《水浒传》故事与《三国演义》一样,它并非是相当程度上真实的历史。不错,历史上确曾有宋江者率众起义,但在具体情况上与《水浒传》所述都有很大出入。时间约在公元 1120 年(宋徽宗宣和二年或稍前),"宋江等三十六人横行齐魏",即山东、河北一带,据传还曾以梁山作为根据地,活动范围达十郡之地,一度锋头甚锐,官军难以抗拒。后又移师攻击苏北海州一带,遭宋朝海州知州张叔夜伏击而遭败绩。不久再起斗争,宣和四年(1122 年)与宋将折可存苦战不利,宋江被俘,据传死难。至今鲁西南一带仍有传颂,说宋江根本没有招安,而是一位宁死不屈的英雄人物。而且其部将史斌于宋钦宗二年(1127 年)在陕西沔阳(今略阳)再度起义,被宋将吴玠所败。这说明宋江及其部众始终不甘屈从,与招安投降无涉。另外,江南方腊起义虽系童贯率大军讨灭,但亦无史实说是宋江等梁山好汉担当先锋等,这也说明宋江所部并未充当同类相残的工具,当然就不存在他们作为统治者的鹰犬最后被借刀杀人自取其辱。《水浒传》的结局作为文学作品当然允许做各种处理,然而从一定的思想取向而言,却降低了当年宋江起义军的气节。这不知是《水浒传》作者的总体思想，还是在流传和成书过程中渗入各种愿望各种价值观的结果？抑或是如前所述有续者"扭转"了本书的创作意图？此节恐亦难做确切考据。

最后，笔者还要说几句。《三国演义》也好，《水浒传》也好，在不同方面，还存在着作者或有意或无意的"无奈"，某些尚难尽圆其说的漏洞：相比之下前细后粗笔力渐疏有欠匀称，乃至前后不尽统一匆忙谢幕，等等。然而，仅就一个"七分史实，三分虚构"即能将汉末九十多年的纷争抓挠得有条不紊，摆布得此伏彼起，渲染得有声有色，调润得半文不白；大开大合如山石剥裂，收放自如胜大将拨弹，谋士如云猛将如雨笔下听用，波谲云诡终成分合。几百年间纵有这个演义那个演义，面对《三国演义》亦不得不居于下风。而无论是七十回本，还是一百回本，一百二十回本，只要他们中一百零八员好汉都上了山，不论下不下山，也就足够了。因为，《水浒传》最精彩、最拿人、最不可重合的千遍万遍听不够的故事都在这里；几百年来千千万万的读者，就是冲着那些呼之欲出的人物、那些生动无比的故事、那些或意味深长或忍俊不禁的话语，这些都足够了。这一切，也就足使它们无愧于名副其实的古典名著！不论它们的作者姓甚名谁，都是名著。

笔者此文，不过是想说明一个道理，纵是经典名著，也不是绝对无可挑剔，更不是无可讨论。而这种讨论，也不是只能锦上添花,好话说尽,也可以将其纰漏或遗憾,实事求是地找出,以供后世深入研究,得到有益的启示。与此相联系的是,对于当世获得了这个奖那个奖的作品,更不宜一律奉为绝对的经典。因为,任何命定为绝对完美的东西,往往都是出于一种非辩证的观点,甚至是自封与相互炒作的产物。而无论对己对人,对今对古,能发现不足者,始能常保清醒。能自省以启人增智者,始能不止步而利于前行。

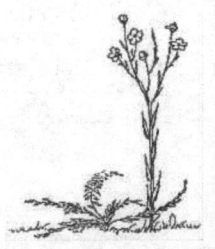

戏曲、传说的利与弊

中国戏曲和民间传说无疑是一宗很大的宝贵的文化产业,至今仍在发挥着它们的作用,对于丰富人们的精神生活,繁荣有形与无形的文化大舞台,乃至启迪心智,补助历史记忆、深化道德内涵方面,都具有积极的持续性的贡献。

然而,也许正因为人们多年来侧重于对正面的有利方津津乐道,而忽略了对它们的另一方面,特别是对真正史实的反作用力。其实,笔者多年来对此即有所感,但或许是对戏曲,尤其是京剧爱之过切,对其不足方面极少提及,最近由于一些"新现象"的触及,使我觉得还是说说为好,当然也还只能是"浅议"。

说到戏曲和民间传说,其二者之间也是有联系的。有的戏曲剧目(尤其是传统的系列剧目)同时也是早有民间传说流传的,如影响最为广泛的《杨家将》《花木兰》《薛平贵与王宝钏》等就是。舞台上有戏曲演出,民间早有故事流传。而问题恰恰也就出在这里。舞台上演的和民间故事流传的,其中往往掺杂着历史的某种成分,但大量的内容是虚构的,包括无中生有、张冠李戴、节外生枝、辈序颠倒,等等。总之,中国传统戏曲给人以极为深刻的印象之一,是它的大胆和随意性,以《杨家将》为例,杨业(杨继业)这个人物是有的,他原为北汉大将,后归于北宋,其人忠勇善战,曾破契丹大军,收复部分失地,但在最后的河北一战中,由于主帅潘美指挥失误而使杨业兵困陈家谷(今山西朔州南),重伤绝食而死,业妻折夫人(戏曲中曰佘太君)传说中亦有其人。其他史传有据者还有杨延昭(戏曲与传说中之杨六郎),据守"三关"(今河北省中部一带)与契丹军长期对峙,亦有战功。另有杨文广(为延昭子,杨业之孙)亦为名将,一生中北南两面征战均有建树。其实仅以杨氏祖孙三代的事迹,言其一门忠勇卓立功勋并非虚誉,均应名垂史册。

然而,传说与戏曲非同寻常的想象力和随意性使杨家将故事的确被膨胀了许多。如在杨延昭与杨文广之间又塞进一辈人物杨宗保,于是文广又成了延昭之孙杨业之曾孙。如果说这种"加塞儿"之举尚有宋之后野史笔记中的类似记载可做参考的话,那么斜刺里杀出来的女将穆桂英不仅成了宗保之妻、文广之母,而且最关键的是在《杨家将》戏曲的主干部分中,穆桂英一直是无可匹敌的主角,中心之中心。举凡杨家将的一些剧目,诸如《辕门斩子》《穆柯寨》《大破天门阵》以及全国解放后新编剧目《穆桂英挂帅》《穆桂英大战洪州》等,穆桂英都是主要人物及至统帅,在著名的《杨门女将》中穆桂英虽非元帅,也是先锋,而在剧中的分量并不在元帅佘太君之下……不能回避的事实是,如此重量级的"人物",却不见于正史,查阅了能够找到的典籍,也未见这位宋朝女元帅哪怕是女将军的名字和事迹。还有许多经不起推敲的有关穆桂英的剧情和传说。如"大战洪州",洪州,在中国古代指的是"豫章",即今之江西南昌,而剧中表现的环境和人物分明是"北国"。北宋时的北方之地,尚未查出有称"洪州"之地方。另在北京昌平八达岭有言之凿凿的穆桂英作战遗迹——穆桂英点将台。事实上当时这一带已为"辽"所据有,北宋的"女帅"何以能在此点将,岂不是又将北宋之疆域向北扩展了至少数百公里?所以,古代戏曲和传说之想象与虚构能力只能以今天网络词语形容之,即"任性"是也。

其"任性"尚不止此,甚至可达到需要时即信手拈来的程度。如一会儿是穆桂英挂帅,一会儿是佘太君百岁挂帅,主将多为女性(如牺牲了的杨七郎之妻等,皆骁勇无敌之战将)。最后男人多战死了,无妨,还可以来个"十二寡妇征西"。由此,更引来了一个有趣的插曲,二十世纪六十年代英国蒙哥马利元帅访华,在戏曲招待会上他向陪同观剧的毛主席、周总理提出一个他不解的问题:怎么中国古代都是女将上阵应敌?(大意如此)我们的领导人以充满智慧的谐趣答之,甚妙。

谁说中国古代一律歧视女性呢？如单从以上戏曲和传说中的安排，应该说是大大地高抬了女性，危急关头，总是女性挺身而出，勇当一面，使任何的敌人都闻风丧胆。"番邦小丑何足论，我一剑能当百万兵"（京剧《穆桂英挂帅》唱词）。如此的无敌之师，最后理所当然地"班师还朝"了。

　　相当长的时间以来，戏曲和传说往往有一个脱离史实而虚构胜绩的倾向，最典型的例证就是北宋杨家将时段。其实，北宋自太宗赵光义所进行的高粱河对辽之役惨遭败绩之后，基本上只能采取屈辱苟安的守势，唯一的一次是公元1004年在主战派寇准力主之下，宋真宗亲临军中应敌，于是士气大振，重挫辽军，但仍然与辽订立了屈辱的"澶渊之盟"，哪里还有那么多胜绩可言？当然我非常理解我们古代的传说人和艺术家的"解气"心理，虚构胜绩以慰藉憋气的民意。我也充分理解他们当时也考虑不了那么许多，想象和虚构固然是艺术创作的规律之一，但这也只能是在合理的范围内进行，如属历史剧，则不应"突破"到不顾史实、不顾事件主干地处理，那样的话，只能"解气"而痛快一时，反而不利于面对现实，居安思危，采取有针对性的有力措施，以振国力军心，有效地改变局面。但这种"反败为胜""以弱制强"的民间传说和小说之类却还有许多，如大鹏金翅鸟啄了秦桧脊背，使桧发背疽而亡；牛皋擒住金兀术骑在后者身上而"气死兀术，笑死牛皋"等，不一而足。事实上，都不是真正结局，只能是博个"人心大快"而已。如果说当时的传说者和创作者应予充分理解的话，那么产生于几十年前的现代新编杨家将剧目仍沿用往昔思路甚至增大了某种任意化则多少有点难解了。因为那些新编剧目都有不少专家参与，怎么就没想到在宣扬某种创作意图的同时，那种对史实不可忽视的反作用力是有明显弊端的啊。因为杨家将毕竟是借助了一定的历史节段而演绎出来的，而非与任何历史无涉的一般生活剧。如此真伪杂芜甚至弄假成真不顾史实主干的"任性"，对于后来人如何真实地对待历史肯定是有混淆作用的。难道是能够以"无所谓"而轻忽的吗？

与杨家将传说和戏曲相近似的还有花木兰、薛平贵与王宝钏的故事。花木兰与穆桂英的情况并不尽同，其代父从军的事迹虽未必见于正史，但北朝时期有"木兰辞"，在思想和艺术上均有很大影响，这不妨亦可作为史实存在的一种佐证。花木兰其人一说姓花，一说姓木，或曰木兰，作为传说中的女英雄在相当长的历史时期中流传甚广，在多种戏曲中（如豫剧、京剧等）人气很旺。至于薛平贵和王宝钏的故事，亦未见于正史，但在民间传说中"三击掌""居寒窑"等亦流传深远，并有根有叶地说发生于唐朝，或许是唐朝大将薛仁贵故事的附会与演义。在京剧中，有关薛仁贵与其妻柳迎春的故事有《汾河湾》等，而与"薛平贵"和"王宝钏"之间的故事则有《武家坡》。后者演得比前者要"火"得多，观众知者比前者也普遍些。笔者长期以来一直在思考一个有趣的问题:何以杜撰出来的人物和故事较之有史可依者影响反大,直到假胜于真? 这是否因为无史实依据者在"创作"中更加自由,更加随意而少历史框架制约所致? 也未可知。于是便衍生出一个问题,即以讹传讹。记得前些年电视台举办票友大赛,在表演之后尚有一项素质考核,评委问参赛者:"薛平贵是哪个朝代的?"答曰:"唐朝。"评委欣然点头,满分。再问一位唱旦角的:"穆桂英是哪个朝代的?"答曰:"宋朝。"评委点头,但又略作修正:"确切地说应该是北宋。"这一切都在"后来人"头脑中定位。

还有,前些年我就在电视上看到某些专家讲京剧时,非常肯定地说京剧能够对年轻人(尤其是学生)进行历史教育和担当道德教化重任。对此我曾提出:京剧(也包括其他戏曲)尚不能视为严格的历史,即使有的剧目涉及某个史段,但往往距史实甚远。例如所谓关云长过五关斩六将的《千里走单骑》,许多情节均属杜撰,事实上关羽寻兄之行完全没有那么复杂,结果却为其生平添了许多辉煌。因此我在本文开头言及戏曲与历史的关系时,只能客观地说是补助了历史的记忆,切不可将其当成历史教科书的一部分,否则不仅混淆了史实与演义的界线,也无助于人们去正确对待作为艺术作品戏曲的正当职能。至于戏曲的道德教化作用,也不应赋予它不能胜任不切实际的作用。以京剧而言,固然有些剧目表现了一定的弘扬正义、扶弱抑邪的积极意义,以及向善劝学教人"学好"的良性倾向,但别忘了它毕竟是诞生在那个时代的产物,往往带有宣扬封建思想糟粕及其他的消极影响。如果我们将其视为一宗宝贵的艺术遗产加以保护正当展示则是它能够担当的,但如不切实际地作为道德教化的利器使用,有时反而会适得其反。如前面提到的薛平贵与王宝钏的系列剧目,其前部《彩楼配》《三击掌》《平贵别窑》等尚表现了一定的抗拒嫌贫爱富、坚持自由婚姻、夫妻共度艰危的积极思想,而到后部,薛平贵当了西凉国王荣归大唐,演出了《大登殿》,便夫荣妻贵,妻妾双美,凤冠霞帔,连昔日顽固阻挡甚至加害他们的老丈人"也要升官",将一出闹剧当成富丽堂皇的十全大戏竭力加以展示,整个的思想主题都扭曲了,有何教化可言?更别说凭空杀来了一个番王薛平贵,直逼大唐京都要挟有加,真不知在历史有何依傍?

退一步说,产生于百年以上的旧剧目我们对其思想杂质不必苛求;再退一步讲,对产生于几十年前的新编历史剧也给予深切谅解;而在今天,也就是不久前的一次非常盛大的国际体育赛事中,两位女自行车手很有创意地各戴了一副中国古代女英雄的面具头盔,以鼓舞斗志,创造佳绩,即使作为戏曲传说人物亦未不可,但此举在评论员口中则演绎为:继承中华民族历史上女英雄的无畏精神……显然已将面具肖像之穆桂英、花木兰定为重要历史人物了。在这点上，人们有理由要求评论员"名嘴"在历史人物的认知上要比一般运动员更严谨些。还有，对于梁山伯与祝英台的爱情故事，我所见到的辞书都标定为"民间传说"，而我们有的爱之过切者则偏要将其往史实上靠。就在最近，一位评论员在"梁祝"演出中进行权威解说："梁山伯和祝英台就是在西湖边上的万湖书院共同读书的。"可是，多年以来，一些研究专家也有一定根据地说，梁、祝虽史上有其人，但并非同一朝代，甚至时间相距还很远。但如作为民间传说和戏曲艺术，丝毫不减其美，也丝毫不影响其艺术价值。既如此，为什么却要让他们或类似的他们往历史上靠呢？

另有一个有趣的现象是，我们中华民族悠久的历史上，从来不乏杰出的仁人志士、民族英雄，人所多知的顶尖人物也并非个别，昭然于史册的英雄可谓举不胜举。他们的坚定信仰和不凡表达感天动地，如霍去病的"匈奴不灭，何以家为"，岳飞的"精忠报国"，文天祥的"人生自古谁无死，留取丹心照汗青"，等等。不是没有歌颂他们的作品出现，但总觉得与其义薄云天的盖世壮举相较，有时反不如某些缺乏事实的人和事迹流传更"火"。是因为创作者动力不够，还是无史据可依者更可放手地"编"而易出效果？其实，不仅是史上真实存在的男性英烈，女英雄也不乏人，如"击鼓战金山"的梁红玉，这位南宋主帅之一韩世忠的夫人智勇双全，在重挫金兵骁骑南下中对其夫辅佐甚力,是中国历史上真正面对悍敌激战的女将之一。想来不至于因她"出身不高"而影响对一位史据昭然的女英雄的应有尊敬吧。又如唐赛儿,作为明初农民起义的女领袖,在山东北中部一带掀起声势浩大的反抗明朝封建统治者的农民起义。在封建时期,农民起义的武装斗争一般是在皇朝走向衰败的中后期,而赛儿的起义却在永乐帝朱棣夺取皇权之初即行爆发,其重要原因是朱棣实行的是极其残暴的血腥统治。从对不服帖于他的明初大儒方孝孺灭族之举和对明济南守将铁铉的油锅烹食之暴即可见一斑。经过反复激战,起义军虽遭镇压,但女英雄唐赛儿却无所终,至今仍是历史之谜。再如抗金女英雄杨妙真(山东益都人)与其兄杨安儿起兵抗击金朝统治者对山东人民的残酷盘剥和掠夺。其兄战死后她又继续率众奋战,终至壮烈牺牲。其实在中国历史上,在民族危亡关头,有不少类似杨妙真这样的女英雄参与乃至领导了抗金、抗元、抗清的正义斗争,只是由于种种原因,她们大都没有享受到穆桂英和花木兰那样的"知名度"。其实,仔细想来,也并不甚奇怪,但愿今后的创作者和"名嘴"们视野更宽广些,不要只记住那人所共知的老几位,如果总是让多属戏曲和传说人物遮蔽了正史可见的真实英雄总不是太正常的现象吧?

当然,也听到这样的说法:有历史记载也不见得都是真实可信的。这样的话,就不大好说了。又有的说法是:倒是挖掘古墓所得可信性更大些。但这也很有限,总不能将九百六十万平方公里都挖个遍挖个透吧。挖遍挖透了,找不到墓志铭还是不能获得完全确凿无误的证据,那又该咋办呢?

战争文学的"力"与"味儿"

　　说起外国文学,除了从课本上读到的单篇作品外,成本的著作我在少年时代都没读过。可能是解放区印刷和交通条件所限之故,那时的课外读物几乎全是古典文学和剑侠公案小说。较大量地阅读外国文学作品还是在我参军之后。尤其是二十世纪五十年代初,因抗美援朝战争期间机要电报往来频繁,工作量激增,我在长达一年的时间中几乎没有睡过囫囵觉,最后终于累倒,被医生勒令病休半年。在这段空闲时间里,我阅读了大量外国文学作品,尤其是俄罗斯和苏联的战争文学,包括奥斯特洛夫斯基的《钢铁是怎样炼成的》、西蒙诺夫的《日日夜夜》、法捷耶夫的《青年近卫军》、尼古拉耶娃的《收获》等,当然,还有屠格涅夫、托尔斯泰、契诃夫、蒲宁以及法、德等国家的文学作品。

　　在养病期间,作品中的情境与现实生活之间的相互感应是强烈的。在独自的活动与静思中,生活和心思都比较单纯,很容易与客观物象及某些人物的处境和感受互应对接。我曾去远郊医院复查,在途经一片白杨树林时,索性解开棉大衣的扣子,就像张开翅膀的大鸟,迎风劲飞,那一刻我仿佛卸掉了病体的精神负担,尽情沐浴在大自然的自由空间里,白杨林仿佛变成了白桦林。我心境超然,将真实的场景与阅读中的俄罗斯作家屠格涅夫和苏联作家常常描写的广袤原野、无际的白桦林叠印在一起,忘却了身体的不适而充分接受洗礼。这样一来二去,促使了病灶的收缩和钙化,大自然中的良性能量与精神抗体真的产生了神奇作用。

带来这种相互感应和激励的书籍还有《钢铁是怎样炼成的》。主人公保尔·柯察金与命运搏斗,以无比坚忍的精神扛住病残的折磨,在写作中重获更有价值的生命。这促使和激发我在养病中开始练笔式的写作,其中一篇根据自己先后两次打破机要译电新纪录的工作体会写成的文稿在《中国青年报》发表,使我惊喜得当夜不能入眠。

印象更深的是《日日夜夜》和《青年近卫军》等描写"二战"中苏德战争的"实战"之作。我在大学时课余曾研究过苏联作家西蒙诺夫。这位作家在苏联卫国战争开始时就写下了当时流传甚广的诗文,有的传入了中国。我在上小学时就读过他的少量诗作。解放战争后期,他率新闻代表团访问中国,我也读过他较多的"文艺通讯"。因是记者出身,他的作品中有"新闻味儿",现场感很强,拉近了与读者的距离。其描写斯大林格勒战役的《日日夜夜》,正是作者得于现场、感于现场、草于现场,可为小说亦可谓纪实文学。我读此书至今已过六十余年,许多情节已渐模糊,但有一些震撼人心的场景仍历历在目,如:在巷战达到白热化的阶段,暂居地下室的妇女和孩子以极大的坚忍与耐力度过炮声隆隆的日日夜夜,母亲一刀一刀切着土豆片,孩子眼巴巴地看着却不哭不闹……这样的细节,无声地宣示不屈的人民是不可征服的。这不禁使人联想到列宁格勒围城近三年而未破,如此难以想象的意志力和抗击力是从何而来?应是信仰的坚定与民族的性格,构建了一个又一个传奇的精神堡垒。

俄苏作家笔下的一切,不仅有"力",更有浓烈的"味儿"。写坚定与强韧并不总是豪言壮语而常常借助典型场景中的人们的眼神、动作和寥寥数语,便释放出一种"现场味儿"。这是生命的原汁原味,最朴素却又最精纯,最真挚的情感与凝定的理性高度融合。

有时作品的人物就是直接以"味儿"来表达他的内心感觉。大学期间,我曾看了影片《烽火的里程》,表现一位苏军政工人员带领数位各种职业和身份的人士穿过敌人的火网,乘一辆马车去往安全地带的故事。其中一名伪装为退役军人的敌方特务被经验丰富、嗅觉锐敏的老车夫看出了破绽。中途休息时,老车夫借为牲口饮水的空当,对政工人员悄声说了一句:"我怎么老觉着那家伙味儿不对。"老车夫的这个"味儿",几十年间一直使我思索不已,它很可能是人与人之间的本质感觉,也是一件文学艺术作品给人最直观而又最深层的感觉。也许由于这种启示,我在创作实践中也很注意这种相似而本质的"味儿"。为了纪念抗战胜利七十周年,我写了一些纪实作品和诗歌,描述了少年时在故乡胶东亲历的种种,其中一首名为《战争中没有小孩》的短诗中有这样几句:

> 那天下课后,
>
> 校长给我一卷传单,
>
> 其实很平常,
>
> 现在说
>
> 那是战争年代。也是命——
>
> 一个小孩生在战火里,
>
> 但说实话,
>
> 战争中没有"小孩",
>
> 小孩有时比大人更有用,
>
> 目标小,还可以跟"二鬼子"逗着玩,
>
> 传单塞进兜里,他还以为是钞票。
>
> 不过,小孩也没有天生免死证,
>
> 同样有大惊,好险,死里逃生,
>
> 最危险的任务也不告诉娘,
>
> 完成后也不能向娘领赏,
>
> 至多要块红瓤地瓜,

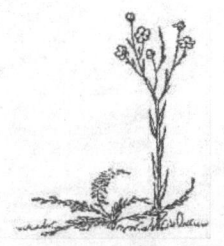

解饥又图个吉祥。

没别的,只求个原汁的真味儿。

《青年近卫军》是苏联作家法捷耶夫在"二战"后根据卫国战争中真实发生的故事创作成的长篇小说,作品中的主要人物各有原型,成功地塑造了这些英勇机智战斗在德寇占领区的青年英烈的群像。读过此书至今已六十余年,但全书贯穿的悲壮的震撼力仍未完全消退。这气,当然是人间正气,也许包含着沉重、壮烈、视死如归,还有伤痛,却就是没有消沉、丧气,没有对自身事业的怀疑。犹记得我当时就联想到故乡战争年代牺牲的青年团员,他们都是在同一个信仰支撑下做出义无反顾的抉择。真正的英雄之气、壮烈之气,是可以深入人心、长久留存的。

这些就是我对"二战"作品及现代战争题材作品积淀已久的思考,是在中国人民抗日战争暨世界反法西斯战争胜利七十周年时引发的"燃点"。衷心感谢正义战争的参与者和付出血肉代价的可敬的人民,是他们历史性的非凡业绩为后世创作与思考提供了契机。

• 生命的吉光 •
Light in Life

第 四 章

心仪的爱好

作为一个京剧爱好者

　　我自幼酷爱京剧,除了凡能看者必看、凡能听者必听而外,在过年正月本村的"同乐会"中,也跟随有水平的票友们学唱京剧。但自十几岁参军后因从事"封闭性"较强的机要工作而不可能经常学唱,直至进入大城市后偶尔在留声机的唱片中听到旦角的唱段,才又勾起童年时的兴趣,也难免哼上几句,还深恐误了工作。

　　不过,与京剧的"情结"是伴随生命而运行的。童年时除了看与听之外,还阅读了不少"戏考"(即当时出版的剧本),也常听内行的长辈们讲些有关京剧的知识;成年后,在看戏的同时也难免思考一些京剧中的问题。其间只有"文革"中是个空白。因为那期间我一直处于被专政或半专政状态,在大唱样板戏的年月里,我也被排除在学唱甚至欣赏的"革命群众"之外。好在我天性中缺乏喜爱"样板戏"的基因,倒也没有留下多少遗憾,因此期间的中断,总体来说并没有影响我与京剧的"血缘关系"。

至于在写作中涉笔于京剧，那还是近年来的事。起始是我忽有感触，写了一两篇国粹京剧的散文和随笔，发表后还被一些选刊和年度选本所选取；有好心的文友看到，便提示和撺掇我何不多写几篇？它对一般读者而言毕竟比较新鲜，还是很有点欣赏性的呀！我一想也是，长时间埋在脑子里也都浪费了，何不挖将出来呢？为此我大体估测了一下多年积存的资源，如果挖掘出来，还是可以编成一本不厚不薄的书。于是，在一个比较集中的时间段内，就边写边发表起来了，大体上是一个问题一个题目，一个题目一篇文章，体例是以散文和随笔为主，长短略有不同，但以两三千字为多。

我毕竟不是京剧的圈里人，算不上这方面的行家，这些文章当然不失专为介绍京剧知识，专业性也不太强，应定位于一个爱好京剧的作家谈个人的感受为宜。具体说来，表现为以下几个方面的特点：

其一，从书的内在来看，是由纵横两条线交错而成，纵线大致是笔者与京剧接触的经历，横则是在看戏中的感受与对京剧作为国粹之一的认识。而不可避免地有关京剧的知识也渗融其间。这些知识在本书中永远是与感受相依存而不是孤立地解说。

其二，谈京剧问题始终与笔者的职业爱好紧密联系着。也就是说，在一定程度上是从文学艺术角度加以观照的。注重探讨京剧的艺术本质,钟情于对京剧蕴含韵味的品评;而忌讳脱离艺术,脱离韵味而只着眼于纯京剧技术与程序。那不是笔者的初衷,也不是本书所承担的任务。当然,也并不回避纯京剧技艺与程序问题,因为京剧毕竟是京剧,又是一种专业性很强的文化品种,如果过于外行就没有多少资格来谈京剧问题。

其三,本书虽有"学术"内涵,却并非严格意义上的学术著作。因此尽量不做长篇大套的学术性论证,更避免那种呆板、枯燥的纯理念阐发。力求做到深入浅出,活泼多样;但又不回避作者自己的观点,在尊重并热爱国粹京剧的前提下,不一味溢美,更不做迷醉式的谀颂。坚持以历史的观点加以审视,从发展的观点进行分析;热情推助,却又要实事求是,不以"感情代替理智",更多的是真诚地关注京剧的现状,关爱京剧的前途;笔者虽不是圈内人,却也不做纯粹的旁观者。

其四,本书作者的初衷是服务于一般读者,面向喜欢或不反感京剧的普通观众,尤其是文学艺术爱好者。写作的思路一直贯穿着这样的意念:不仅是帮助大家懂京剧、理解京剧,更重要的是让大家能够从京剧中汲取到有益的营养。这里固然有历史线索与框架,传统观念与道德内涵,但更重要的是艺术感受、美学本质,特别是具体到内在韵致方面,无疑是有很大借鉴作用的。

"他山之石,可以攻玉"。何况京剧并不是遥不可及的"他山",与它接近,与它对话(哪怕是无声的),便会发现它一点也不陌生。

京剧与散文

也许有人一看这题目,便会想京剧与散文有啥关系呢?

难怪,京剧的唱词多是韵文,要说同诗歌还更接近,而与散文是否要远了些?我的回答是:看似远了,实则很近很亲和。这是指的它在内蕴上,是很值得拉近了品味一番的。

事情还是要从根上说起。那就是我小时候,大约十岁吧,在秋收过后的一天,有人跑来告诉村里的乡亲们,说是离本村北面几里的镇子上来了一个戏班,但究竟是原有的戏台还是临时搭建的台子,弄不清了。反正是爱看戏的母亲和二姨马上就丢下了手中的活计,带着同样爱看戏的我赶了过去。这时那里已是观众如海,我们只能在靠边的一个角上斜看着戏台。整个下午我们只赶上了两出戏,最主要的"大轴戏"是包公戏《铡美案》。不知为何,这出据说是来自烟台名角的大戏并没有给我太深的印象(也许是对那故事太熟了之故吧),倒是对另一出情节并不热闹的《南天门》感受颇深。这出戏今天已不再看得到了,但在那年头,在这之前,我在出版于上海

168

的《戏考》上已读过这戏的唱词和道白。其情节是一位官宦大户遭难,其老仆曹福与其小姐逃奔出来,在途中颠沛流离的艰苦过程(好像因为中心主题是颂扬"义仆"的愚忠,自全国解放后即息影戏台)。这个老曹福是一个素衣白胡子老头,不必说是倾尽体衰之力护送小姐,誓在献身而不悔。无论是在风雪中趋步、跌扑,也无论是饥饿力竭而目僵髯张,都将人与环境渲染得情激而不谐,似乎使人也随同感到社会与大自然双料威逼得近乎窒息。当然,不只是老曹福,还有小姐主仆之间的"双人舞",造成了一种极其强烈的气氛与特有的意境。如上所言,尽管那天我们看戏的角度和距离都不是很好,却一点也没有影响我目不转睛地盯着戏台,一点也没有减少我几乎喘不过气来的那种感觉。

　　当时因还是在"秋假"中,语文老师布置的假期作文还没完成,这一来正好,看戏回来的第二天,我便就看《南天门》时的感受写了一篇作文。那时毕竟还小,头脑里还没有多少"阶级"的意识,只觉得老曹福很正义很善良,他的主人遭到陷害而不顾个人安危进行抗争,目标还是对着恶势力的,我的同情心是在他这一边的。再加上角儿演得好,虽然台子上啥也没有,可我却好像听到了朔风怒号,看到了暴雪压顶,山路崎岖,寸步难行……我的作文就写了这些,当然那时表达上还浅了些,意思却都有了。开学时交上作业后,老师在思想认识上没说对也没说错,可就是批了我觉得新鲜的一句话:"这是一篇挺不错的散文,今后继续努力。"散文,我头一次听说。没想到,我生平第一次被认为是散文的文章,竟是我看京剧之后的观后感。

及至我长成,戏看得多了,对京剧内涵的意蕴体味得愈深。但说来也怪,按说剧词儿更接近于诗,可我却偏偏未做表面上理解,而重在内蕴。因为我觉得,京剧之文本除了其中部分由高手写成者(如梅兰芳、程砚秋等大师有造诣很深的剧作家如齐如山、罗瘿公等为之执笔)外,许多并不在于辞章本身,观众对这方面也并不过分要求,所以我更重其优势方面,即京剧在整体气韵上往往甚为丰厚,其他剧种鲜有能及者。而此点恰恰正与散文的内蕴暗合。单拿一些折子戏来说,例如《贵妃醉酒》《天女散花》《廉锦枫》等,我在看戏听戏时,从一定意义上即如在品一篇精美醇厚的散文。真的,我从中潜移默化地领略到了经典散文的意蕴,深深受到了艺术美学的陶冶。

更完美的诗与散文的高境界,是在欣赏《野猪林》之《风雪山神庙》一场之后,那"反二黄散板":"大雪飘,扑人面,朔风阵阵透骨寒。"转"反二黄原板":"彤云低锁山河暗,疏林冷落尽凋残。"两句台词将"八十万禁军教头"林冲身孤家破英雄末路的多舛命运烘染到了极致,衬以相应景象更使那凄寒酷虐的氛围达到了无以复加的地步。与我少时看的《南天门》虽然同是艰塞,同是风雪交加,境界却又不同,这要比那更加悲壮。此剧固然因有《水浒传》在前,固然有上乘的创作文本,但不能说不与李少春先生的杰出表演有极大关系。在这之前,我基本上没看过少春先生的戏,仅此一出,亦堪称丰碑之作。可见无论是何种门类艺术,但有杰出的精品代表之作,也便可树为典型。这段唱词,当之无愧地可称为好诗,但我感受的主要仍是一番绝佳散文家的意蕴。为什么呢?因为我没有孤立地仅去欣赏此唱词,而欣赏的仍是一个包括唱、做、念以及场景氛围的完美整体。从某种意义上说,散文表面看来有点"散",实则最是五味俱全。体现为不可分割的整体性。

多少年来,我在从事散文创作中,从感受京剧的意蕴获得不少有益的滋养。可见不同艺术门类在内质上有相当的共同性,能够相互渗透、相互浸染,从而使各自门类的作者受到启悟。

京剧在现实主义与非现实主义之间

京剧在表演方式上具有很强的虚拟性质。这一点,应该说是没有多少争议的。然而如论及它的创作方法,则不能简单地归之为现实主义或者是非现实主义。当然,京剧的老祖宗并不知道这个主义那个主义的,但在理论上未曾意识到并不等于不可以根据京剧的实践进行理论的分析。

我们说,京剧的创作方法并非严格的现实主义,但存在着丰富的现实主义的元素。尤其是在许多局部的场景乃至细节真实上,还是具有相当的生活基础的。当然在具体表演上基本上仍是采用虚拟的形式。举例说,在传统剧目《鸿鸾禧》中,穷书生莫稽因饥寒交迫倒卧在叫花子头的门前,叫花子头父女见其可怜,将其收至家中,百般照料,其女金玉奴善良真情,与莫稽终成眷属(后莫稽高中而负心,演绎成"棒打无情郎")。在这个过程中,其情节推进极富人情味,也很生活化(而在京剧之外的民间小戏中, 这种现实生活基础则更加明显)。再如《铁弓缘》开场一幕,表现母女二人开茶馆展开的种种际遇与冲突,情节推进皆入情入理,人物性格也都相当鲜明。类似的例子,在京剧中应该是很不少的。

但总体而言,从传统京剧创作方法的实质与所占的比重加以审视,还不能算作是严格意义上的现实主义。且不说京剧中有部分的神话剧(如根据《西游记》中情节改编的猴戏就是),还有些人"神"杂糅的剧目也不在少数。如《钟馗嫁妹》《乌盆记》《李陵碑》等(后二者出现了张别古与被害人的冤魂唱白的场面,老令公睡梦中见到七郎被害的形象)。类似的表演方式,在京剧中可以说是并不鲜见。这些,还不是我言京剧不能视为严格意义上的现实主义的主要依据。它还表现在剧情交代上常常出现的跨越、省略、空白乃至某种任意性的倾向。譬如说亲友与同侪分离很长时间,有的虽做些交代,但往往也很简略,常常是一两句话带过,有的则干脆不做交代。至于这么长时间彼方是怎样过来的,此方有时也不追问,京剧中的这种表现方式,在很大程度上酷似中国古典小说,但比传统小说更发展了一步。再者,有不少剧目特别是一些武打戏,有时侧重在舞台形象甚至是在技术表演层面,而忽略了情节的合理性与人物性格的塑造。其中一些武戏正剧还较为注意,如《长坂坡》。这类根据我国古典名著中重要关节改编的剧目,总的来说表现为有序而不乱、紧张而不"火";一般是在尊重情节发展、人物关系的基础上适度重视表现技巧的展示。但另一种则比较不拘规范,它们虽也大都从一些传统或话本脱胎而来,但往往并非经典,在表演上也不过是将故事原型当作引子或衬景,重点展示的却是火爆的武打,满台的热闹,眼花缭乱的筋斗,追求技巧的变阵。有时甚至使台下的观众难以分清人物的归属,尤其是那些穿着类似的兵卒,就更难分辨究竟是哪家。最后,差不多打够了,剧情便接近尾声,或一方人物就缚,或双方释疑言和。这样的戏,就更难说得上是什么现实主义创作方法了。

然而,有意思的是,在我自小的记忆中,观众对以上或神话、或荒诞诡异、或人鬼同台、重"打"不重剧情等,似乎都很习惯。这些与京剧基本上是虚拟表现手法糅而为一,构成为一个当年中国观众乐于接受的艺术欣赏整体。在我的记忆中,好像没有谁提出过看着别扭的问题,好像也未曾经历一个从不适应到适应的过程,至少在广大民间社会中是这样的。

其原因除了多年沿袭下来的艺术欣赏"基因"外,很重要的方面是"艺术高于生活"使然。当年的观众也是有一定欣赏层次的,他们常年为生计奔波之余,乐于在农闲和节日时得以欣赏到既能理解的生活情节却又完全不等同于烦琐的日常生活现状的"大戏"。那时我也特别注意到,有时乡间也会来一些"小戏"班子。这些地方小戏的表演,应该说更贴近老百姓的真实生活,相对而言更朴素、更原汁。奇怪的是,却争不过"大戏"的观众。这充分说明,对于一般观众来说,他们更想看一些与他们的真实生活不完全一样或者以现在的话说是经过提炼的艺术。这一点,可能与鲁迅先生在《社戏》里的感受不大一样,或许有地域不同的因素在其中吧。

　　那时在广大中国农村,话剧尚未普及;即使比较普及了,对于一般农村观众来说也未必非常习惯。可能直至后来电影比较普及之后,情况才有所改观,如上所述,当时的观众对于京剧的非现实主义因素,譬如某些武戏的"混战""乱打",并未有质疑。但到了今天,一些敏感的观众是否会另有感觉呢?我想还是会有的。那么,这些是否也会成为京剧影响障碍的因素呢?亦不妨认真加以深思。

关于国粹京剧的别思

——兼与年轻朋友一起看戏所感

我是一个京剧的爱好者,自幼在胶东老家就随大人看了不少"老戏",少年时代参军后也看了不少部队京剧团的演出,进城后公休日的大部分时间也花在自己买票看戏上了,直至"文革"才告中断。后来,传统京剧再现舞台,我又重温这种中断了数年的固有的强烈爱好。虽然因为工作忙看戏不似当年密度那么大,但有关方面对京剧作为国粹的重视与各方面的推助,还是使我受到了很大的鼓舞,也始终不渝地关注京剧的发展。

然而,说实话,从感情上热爱甚至偏好京剧固然是基本的,但对它在坚守和发展实践中的某些方面始终有一些想法,以理性观照京剧,不能不引发了一些思考。早就想择要提出本人的看法和意见,但因考虑到它毕竟是产生于那个时代的一个古老剧种,尽管存在着这样或那样的"不适"乃至今天令人纠结之处,还是觉得应给予尽多的宽容。而况,众多好心的护持者对京剧素来抱有太多的珍爱与期待,很少有对其负面的声音表达,因而在我内心也就"模糊处理"了。

但到后来,听有关专家讲述,听京剧电视大奖赛某些评委和主持人常常倾向于说京剧对于传播历史知识尤其是进行传统道德教育是多么多么的重要,促使我不能不说出我一直想说的话,也许正因为出于对国粹的衷心爱护,特别是为更好地从正面宣传其真正值得弘扬的东西,才应使人们尤其是年轻一代正确认识京剧作为国粹的价值所在。而不是由于"保护"和宣传不当反而减弱甚至使他们产生了不必要的质疑。

"从娃娃抓起"的老课题

这里便自然牵涉到一个"从娃娃抓起"的老课题。这一提法无疑是对的,而且我觉得近年来"娃娃票友"的发展是显著的。也就是说,自幼学唱学演京剧的儿童少年尖子的确出了不少,是自行涌现还是各地注意"抓"出来的,本人未详做考察。但我理解的"从娃娃抓起",不单单是学唱京剧的一面,还应甚至是更应包括京剧的受众者。当然,这些年,"京剧进大学"乃至进中小学亦是有行动的,但不能不承认,距离许许多多人(特别是年轻人)爱看爱听京戏这一比较理想的期望值,还是有一大段路要走的。实事求是地说,我们必须考虑到的一个重要因素是:毕竟我们今天的时代已不同于当年京剧非

177

常兴盛期的那个时代环境,因此过分奢望也是不实际的。

　　除此而外,应该努力做到的还有哪些呢?宣传力度的加强,尤其是各种各样的演出手段的充分展示,让更多的人认识到国粹的价值,体味到京剧的独特魅力;更好地举办不同种类的京剧大奖赛的活动,使原先没有接触或了解不多的各个阶层、各个年龄段的观众有更多的机会鉴赏,进而汲取到它的真髓,等等。总之,最重要的是赢得更多的观众,获得真诚热爱它的"人心"。否则,如果只偏重于极少数"门内人"自我欣赏,或少数学唱京剧的酷爱者相互陶醉,终是难以改变京剧与广大公众相疏离的纯"内行化"的局面。

　　谁也不能期望所有的观众都成为京剧的行家,却可以吸引相当多的人能够接受以至喜欢它。据我接触的一些有相当文化素养的年轻朋友,他们中的大部分人对于作为国粹的京剧抱有一种善意的护持态度,有的则带有一种好奇的探求心理,希望接近京剧并深切地了解它。在有了较多的接触之后,他们中一半以上的人真的产生了亲近感,有了初步的兴趣。至少是对京剧优美的唱腔增加了好感,渐次又为某些行当和角色的服装所强烈吸引;也喜欢火爆的武打功夫和热烈的场面……经我进一步了解,他们对好听的唱段最为赞赏,对精彩的折子戏的兴趣远胜过全出大戏,对场面和表演上的虚拟手法由不习惯而逐渐习惯,对脸谱的种种讲究由不理解而有了初步的领略,对乐队"文武场"的重要作用也有了更多的关注,等等。另一方面,他们中的不少人对某些程序化过程(如"起霸"等)表示不够理解乃至不够耐烦;对某个行当如小生的唱法和笑声等还有欠习惯;对于武打中的"乱打"(即侧重炽烈效果而忽略阵线的分明)以及武旦有时过于追求"打出手"的火烈也有所挑剔,等等。这些有的可能属于接触时间不长尚须逐渐习惯,有的也许在程序和表演上确实存在值得商榷之处,但尚不算是大的障碍和原则方面,不足以构成这些层面的观众与京剧有所疏离或造成负面感。

年轻观众的宽容与"挑剔"

而影响这些年轻的有识者愉快接受的重要因素,恰恰属于我们某些内行专家经常提及的一些方面,即京剧的历史知识价值和道德教化作用。需要说明的是,他们不是完全否定这些方面的价值和意义。因为,如上所述,我所接触并做过认真了解的这些比较年轻的观众,大都拥有较丰富的历史知识,也掌握必备的历史观点,他们理解传统京剧产生的历史背景,并不完全以今人眼光去衡量,更不苛求京剧每个剧目所反映出的思想都要合于今人"尺寸"。问题是不能离大谱,也不可对明显陈腐的东西津津乐道。这些才是他们有所"挑剔"的。以下我想提供他们的一些看法,我觉得是相当有代表性的。

说到他们的理解与"宽容",可以两个剧目为例:一是《锁麟囊》，除了作品本身的精湛，不论是编排、结构尤其是唱词文字的讲究令他们赞赏而外，即使对因果还报的构思也给予充分理解。他们认为这总是一种善行的结果，给人的总体感觉还是良性的。另一个是《玉堂春》，除了文本和演出上的可取之处外，即使全剧的思想也"很有意思"。他们并不过于计较作为"明代"的王金龙嫖院而挥金如土，还是更看重在他和苏三之间的情义，认为这在那个时代是极为难得的。这就充分说明，有相当文化知识底蕴的当代年轻观众，不仅能够看懂京剧，而且也有分析的眼光、辩证的态度。至于更大量的京剧剧目中正义与邪恶、暴虐与善良的鲜明对照，民族正气与对侵略者的不共戴天，以及英雄义士的扶正抑邪、见义勇为，普通民众之间的相互扶助，张扬公正平等的美好人性等，他们认为这些都是京剧正面的、焕发光彩的重要部分，无疑属于人民性的精华。

但他们并不讳言事物的另一面——他们认为京剧中也带有不同程度的阴影部分。在他们对我表述这类看法时，我作为一个年龄上的长者告诉他们二十世纪五十年代，也就是解放初期有关部门曾对京剧剧目进行过一番清理，针对当时认为是明显的糟粕部分（如思想内容有倾向问题，丑恶、淫秽等舞台现象等）禁演了一些剧目；改革开放后其中的某些剧目好像自动又上演了。他们以往虽不了解这些情况，却也没有表示什么。我理解是他们的好恶臧否基本上没有受到此点的影响。他们的"挑剔"主要集中在以下几个方面：

首先，他们不赞成笼统地认为传统京剧是传播历史知识的。他们接触到的或虽没看过却听说的许多与历史和历史人物沾边的剧目，除少数而外，大都与他们掌握的正史材料相去甚远。有的是张冠李戴，有的是任意抽换与添加，有的重要关节和人物干脆是子虚乌有。而其中的一些骨干情节和人物还甚关紧要，绝非是无所谓的陪衬。如果过多地将它们说成是"历史知识"，未必会产生预期的效果。而且此类情况，往往出现在为数不少也甚具影响的剧目中，如"杨家将"系列及其有关的剧目。对照正史，除了事情的主线尚有一定史实依据，部分人物（如杨继业、杨延昭、杨文广）尚有其人踪影，很大部分均为虚构，有的连辈分都弄混了（如杨延昭与杨宗保、杨文广的关系就是如此），至于"挂帅""出征"更为随意，一会儿这个挂帅，一会儿那个挂帅，直到男人阵亡殆尽而"十二寡妇征西"，等等。至于与其有关的反面人物如潘仁美、潘洪等，应当是历史人物潘美的附会与移植，也与史实多有距离。在这方面，我接触的这些年轻人自有他们的观点：他们认为我国传统的"说书唱戏"人在虚构上大胆得非常出格，其实作为一种故事剧创作并无不可，但我们作为后代人不必过于强调它们的历史价值，更不必夸大其为历史教科书，相反倒是有责任进行适当引导。它们并非严格的历史，有的人物只是某种符号，或者是附着在史实线索上的故事剧。至于它们表现了什么思想主题，又当别论。这里，我不能不提及与我一起看戏、体会戏的这些年轻人别出心裁的思路：我本以为他们会将二十世纪五六十年代颇受非议的《四郎探母》作为他们所持观点的典型，然而他们却认为，这出戏也许可以理解为完全跳出了史实的窠臼，而成为一出完整的情节剧、人物情感剧，甚至在表面上的悲剧色彩中实则带有浓重的喜剧成分，使他们看了，不自觉地与一般的"杨家将"系列剧剥离开来。这说明他们并非以教条的眼光去要求作品的历史真实，而反感的是将它们硬往"历史知识"上拉、靠而已。

更离谱的一类剧目如"薛平贵"系列，尤其是《大登殿》，说的是唐将薛平贵在西凉国当了国王，"杀"回唐朝，威风八面，等待他十八年的王宝钏也得到封后之位，与西凉国的代战公主同侍薛王，大登殿而皆大欢喜。薛平贵何许人也？是薛仁贵的转身？但经历情节也差异极大。那么又是谁？只能说是在虚构的道路上走得忒远。但同样也作为似是而非的历史剧的面目出现，使人费解的是，愈是离史实甚远的"历史剧"，愈是为演出者所青睐。《大登殿》目前上演盛况火炽，而且有各个流派争演。与杨家将有关的剧目不仅有若干传统剧目，解放后的新编大戏也非止一出。那些年轻的京剧探索者问我为什么，我一时也想不出确切的答案。

其次是传统道德教育问题。如上所说，京剧许多剧目中蕴含着的积极正面的思想道德因素这里不再赘述，但即使有些本来比较具有良性因素的剧目,仔细分析思想内涵也相当芜杂,经常出现前后不同的情况。如薛平贵和王宝钏的系列剧,本来在《彩楼配》(或称《三击掌》)、《别窑》的折子戏中表现了不以富贵取舍而在真爱相谐的美好品性,但到最后的《大登殿》,当荣华加身,还是那个王宝钏也立马表现出喜极意满之姿,由拒俗而随俗,唱出了"不斩我父还要封官"的自得之态。前后对照,解释为性格转换,总嫌有些牵强。又如《遇皇后·打龙袍》中的李后,故事之初(且不说史实为何)她被刘妃和郭槐谗害,逃出京城,苦居寒窑,后遇包公申明冤情而被迎回京城。其遭遇本很使人同情,但当她回京城途中,尚未至宫中,即唱出:"待等大事安排定,我把你的官职就往上升。"所有这些,无非是透射出皇权的光影所及,纵是被压抑被摧折的关系人,也难逃"一阔心态就变"的怪圈。当我的年轻朋友们看到此处,每每遗憾地轻轻摇头,尽管他们非常理解当年的剧作者难以摆脱的时代局限性。

以上所举者还是"戏骨"不错只是稍嫌芜杂的剧目,而另有一些剧目在思想内容上即使以最宽宏的尺度衡量,问题也是明摆着的。仅举几例,如《游龙戏凤》在现在京剧舞台上相当活跃,感觉上也有争演之势,还有人美化曰:"表现了皇帝与普通民女之间的爱情故事。"其实剧中人物明武宗正德在中国历史上可算是顶尖的荒唐无度的主儿,冶游江南、宣(府)大(同)而纵情淫乐,居"豹房"而成为变态玩家。只是因为当时明王朝气数未尽，虽然发生了刘六、刘七农民大起义，这个朱厚照侥幸没有遭到隋炀帝杨广那样当世被推翻的命运。似此主儿，不知表演起来有何美感，又有何真爱可言？当年的老本子中，当李凤姐跪下讨封时，正德唱道："孤三宫六院都封尽，封你为闲游戏耍宫。"《游龙戏凤》在舞台上的活跃，与近年来兴起的影视屏幕上"皇风劲吹"不能说没有一定联系，也许有人认为这类剧目可能会吸引观众，其实那要看什么样的观众。我的年轻朋友们看了朱对李的挑逗时说："就像吃了一只苍蝇！"另如《法门寺》，剧中人物傅朋在一场纷纭的案件中小受牵连，却最终获得娇妻美妾，拥有二姣（宋巧娇、孙玉姣）同侍，艳福非常。这些，都是过去中国男人的理想"格局"，也是过去京剧剧本中并非个别的情节安排。还有一些剧目，限于篇幅不能一一分解。简言之，大致包括非同一般地宣扬皇权至上而愚忠至贵；赞赏臣下或平民被凌虐尚不自省而感戴万分；不加分析地将反抗压迫的力量斥之为贼，而颂扬助纣为虐的鹰犬为义士贤能；对封建习俗陋行表示艳羡而正面推助，等等。应该说，都属于京剧文本中的瑕疵。

京剧就是京剧

综上不难看出，所谓京剧的道德内涵既然是那个时代所形成，必定保有那个时代的伦理内核。即使与今天我们所需要的道德取向重合,也只能说它在不同时代有相连接相继承的一面。因此,完全没有必要期望京剧担当道德教化者的重负。因为京剧是一门古老的艺术,京剧就是京剧。当然,形成于封建时代末期的京剧,其传统思想的"原汁"有的是陈腐的,甚至是丑陋的;但有的并不那么丑,甚至还有几分美。如《三娘教子》,她的"守节"与"教子"固然坚守的是封建道德,但她韧性安贫,教子"学好"还是有几分正气在。因而我的年轻朋友们也能接受。

再者,是对待京剧的态度问题。过去某个时间段由于意识形态(包括阶级斗争)的因素介入,过于苛求乃至指斥固有不当,但如单纯归为娱乐性而不计其他也未必全面。这里举一个例子。多听人言,说逢年过节常演《龙凤呈祥》是"图个吉庆"。为何?很显然是因为有"龙"与"凤"之配也。如是一般平民结婚则不够味儿,唯皇上或待做皇帝的贵胄与金枝玉叶的公主之类成婚才能使万民同乐"呈祥"。不是吗?所以,当一位比较内行的年轻朋友问我,为什么现在不大用"甘露寺"而几乎一律用它的别名"龙凤呈祥"呢?我笑答,可能因为是全本大戏之故吧。这里说明了一个问题,文本固然是过去的,大改几乎不可能,但导、演也应有个正确对待的问题,要求参与演出的人员保持清醒头脑亦不为过。演戏固然要投入,要有感情,却也不能全无理性。如何把握,表现了演出人员的水平,也直接影响到演出效果。感情投入与盲目性是两回事,不可因把握不当加大了某种负面效应。

　　早前有个时期，一般观众反映京剧听不懂，但多半听唱得好听打得热闹还有"遮掩"的一面。现在相比之下听懂了，是好事，却也多了些"挑剔"，只因为"看门道"来了。

　　以前大半是因为不好懂、不习惯，形成隔膜而使观众（主要是年轻人）对京剧不够热衷；乃至懂些了，又因了某些剧目的思想内容陈腐、格调不适、气味别扭等原因而疏离京剧。这一点是否使内行们始料不及呢？改进的途径固有许多，但首要的是要有正确的引导，不是不适当的误导，实事求是，重在艺术，最忌不能津津乐道负面部分而引起反感。当然，如能站在更高角度，扬长避短，从内容到形式正确修改而又不伤其骨，则是京剧艺术之大幸也。

京剧的"民间性"和"适意性"

在过去几年中,我记得至少有两次在电视台举办的知识问答中,当主持人问及京剧《武家坡》是哪个朝代的故事时,应试者回答是"唐朝",主持人立即表示:"完全正确。"又一次知识问答中,主持人问的是京剧《二进宫》是哪个朝代发生的故事,应试者没答出来,最后主持人很郑重地说出答案:"告诉你们:是明朝。"

不错,自我幼时看京剧,一般的介绍说薛平贵和王宝钏是唐朝人;而《二进宫》是一出明朝的宫廷故事,剧中人李艳妃、徐延昭和杨波都是地道的明代人。

但这只是京剧和传说中的人物,却基本上不见于正史。薛平贵和王宝钏(王三姐)在民间的名气很大,比真实的历史人物薛仁贵更家喻户晓,这是一种颇值得玩味的文化现象。而与薛平贵和王宝钏相关的人物王允(不是汉末巧设连环计除掉董卓的那个王允),在唐朝宰相谱中并未找到这个位列三台的高官。至于明代宫廷中,也未发生过与《二进宫》情节相似的那样的重大事件,保国有功的徐延昭、杨波和篡夺皇位的反面人物李良也未见于正史有载。尽管如此,电视台知识问答中也将这类传说中的事件和人物作为确凿的答案。这从一个方面是否也可以看出,民间传说(包括戏曲)的影响力实在不可低估。

不仅如此,还有更奇特得出格的情节也同样会产生不小的影响。如在我们老家一带,说王宝钏(王三姐)被薛平贵封为正宫娘娘之后,享受了十八天的荣华富贵即死。根据是她独居寒窑十八年受苦受难,但得到补偿的命运只能有十八天(一天补一年)。而且,我小时候还在县城戏楼演出的全本《王三姐》中,看到了这样结尾的大戏。当时带我来看戏的母亲和二姨以及乡邻的妇女们,无不唏嘘叹惋,但都深信不疑。这又从更深的层面上印证了京剧在当年具有的特殊的"民间性"。

而且,即使在当时我接触的知识人士,也对这种恍惚与历史沾边却又非严格意义史实的现象表现出异于寻常的宽容。记得我的启蒙老师(前清秀才)李汉亭一向对历史问题"抠"得很严,他从来不看京剧。我的另一位老师,六年级语文课班主任、号称"大饱学"战子汉对文史问题也很严谨,但他同时也爱好京戏,还喜欢唱两口老生,不但能唱未必是严格史实的《洪羊洞》"叹杨家保宋主心血用尽",就连《乌盆记》中冤鬼角色刘世昌的唱段"老丈不必胆怕惊,我有言来你是听",学得也很投入。开始我还有点不解,因为他虽不是党员,但本地解放后,他在思想上很要求进步,积极学习社会发展史,学习辩证唯物主义,应该说是个无神论者,可为什么作为票友,在舞台上还能扮演鬼魂呢?他对我提出的问题,做了坦坦荡荡的回答。事过多年,我记得大意是:他认为京剧(当时北京还叫北平,他说的是"平剧")是一门艺术,尤其是一种民间艺术,而宣扬的不是严格意义上的历史,因此不必把它当作历史教科书来看。另外,他似乎对京剧的教化作用看得也不重,记得他当时风趣地说:"我不相信鬼神,可民间传说中夹杂着这类东西,一下子也批判不净,只要唱腔好听,唱一段《乌盆计》也没啥大不了。"总的来说,他认为从主流上来说,京剧还是一种优美健康的娱乐,民间性很强。却也不必要求它承担的任务太重。"太重就把它吓跑了。"

　　事情过去好几十年了,我对老师说的"民间性"这一点印象极深。我的理解是:无论是它的影响力还是存在的杂质,都与它的民间性有关。而且,当时我就产生出一个清晰的感觉,对于它的"历史知识"和"教化作用",许多文化水平较低,社会阅历不多的观众,甚至某些封建迷信杂质,他们在很大程度上都接受下来;而对一些文化知识较多、分辨力较强的观众,他们主要是作为一种艺术和爱好来领会与欣赏京剧,尤其是对京剧优美的唱腔爱之甚切,迷它如醉如痴。其实不只是在北京胡同内、街市上,当时一句"店主东带过了黄骠马"风靡全城,就是在我所处的乡镇,不少人也能哼唱"一马离了西凉界"或"我本是卧龙岗散淡的人"。其中有的还能唱得韵味十足。他们的目的更多的是欣赏、自娱和精神享受,胜过了与史实的对号与教化的兴趣。

有趣的是,时间过了半个多世纪,今天在一些场合京剧的历史价值和教化作用较那时似乎有了长足发展,于是才有了如本篇开头那样言之凿凿的京剧知识问答:《武家坡》——唐朝;《二进宫》——明朝,以及诸如此类的剧目和人物。

但我还是认同当年乡村老师的理解:京剧有着深厚的"民间性"。与此相联系的是,他还讲到了京剧艺术的"随意性"。这个"随意性"并不完全是个负面词语,也不完全是一般意义下的"随心所欲",而是它独特的表演体系和表现手法的一种表达。他说这不只是在表演程序方面(这方面许多人都已比较熟悉),而且在结构、情节安排以及某些知识的合理与否等方面,均有较大的随意性与自由性。如他举例说:京剧中有不少夫妻离散、母女离散等亲人久别的情节,但它通常不像一般小说电影那样,交代彼此离散的经历;它或则一两句话带过,或则只表现一方。总的说来,多半是"一步跨"的表现方法。《锁麟囊》中的薛湘灵就是这样,剧中对她在赵守贞家为仆表述得比较充分,而对薛湘灵的丈夫、母亲等那些年中如何度过的基本上略而不表,观众对此也很习惯。在情节安排上,京剧重在如何表现更方便,更有戏,而并不细抠合理与否。如《女起解》,只由一名年老解差押送一名年轻女犯上路,由洪洞县至省城路途不近，明代押送犯人是否就是这样，观众同样也不苛求，只是看着有趣，人物鲜明生动便很满足。在一些知识性问题上，更是相当随意，只要将年代和地理距离设得远些难以细究便可。又如《锁麟囊》中有发大水的情节，而且是尽成泽国的汹涌巨灾，剧中故事就发生在山东半岛的登州(此处恰是战老师和笔者的本乡)，须知登州地处黄、渤海畔，其南面上游有山，雨季时可能会有山洪河水暴涨，但因地势南高北低，用不了多少时间，水势即会顺流入海。一般构不成对河岸的大患，即使偶然成灾，大水也不致停留。所以，老师认为这是京剧的随意性所致。

战老师是个有心人，当年他与我这个同样爱好京剧的少年有多次交流，印象殊深。后来，我多次思考他所说的"随意性"，又考虑到京剧的创作方法毕竟不同于严格意义上的现实主义，难免有虚构离谱的随意成分。但还不能把这些表现都认定是负面的问题，至多是一种创作中不完全值得推崇但也无须苛求的中性现象。于是我在涉及类似情况时，以"适意"取代"随意"，意即当年的创作者过于偏重情节安排和人物表演方便而较少顾及情节的合理程度和知识运用的准确性。

其实，这些也是民间性浓厚的文学艺术作品的"通用"表现，也使笔者觉得不宜过于推崇京剧历史价值、教化作用以及传播知识方面的特殊能量。不说别的，单说人们最肯定的

"教人学好"这一点,其实也掺杂着相当多的封建宿命之类消极因素。如非止一二出的"雷打",即对做坏事的恶人施以雷击毙命的惩罚。麒派名剧《青风亭》表现的是一对忠厚善良的老夫妇搭救收养一名被父母遗弃的婴儿,回家省吃俭用将其养大成人,后应试高中成为显官,竟丧尽天良不认恩重如山的养父母,二老极度愤郁于天寒地冻的天气中丧命,而禽兽不如的负恩之人遭雷击而横死。这样的因果报应戏固然能使人解气,但这种大快人心的简单虚拟的惩戒方式是消极的,是人为制造的瞬息破碎的泡影。因为天气变化自然现象不应作为道德审判的工具。这种"雷打"的惩戒方式,还竟发生在历史上实有的名人身上。有一出京剧《琵琶记》(又名《赵五娘》)是来自于元末高则诚的元杂剧;而这个题材在更早的南戏中即已出现,名为《赵贞女》,是写蔡伯喈与其妻的故事。蔡伯喈是蔡邕的字,此人是东汉末年的大才子。此剧谓蔡"弃亲背妇,遭暴雷震死"。但此结局与历史上真正的蔡伯喈之死大相径庭(他是因哭董卓而被王允处死的),而一出戏竟跟一位历史上的大名人开了一个大玩笑。好在后来高则诚的同一题材剧《琵琶记》的结局是以团圆告终。然而我小时候在老家看了一出《赵五娘》却一改其结局,采用了赵五娘寻夫而其夫不认(近似陈世美式的恶行),夫最后被雷劈死的结局。作为文艺作品,选择不同情节包括结尾是有其适当自由的,但如将其与历史上真实的名人进行"嫁接",似是而非,这种随意性肯定是不可取的,也是"雷打"惩戒方式的一种滥用。

　　当然,毕竟这一切都是解放前几十年乃至几百年前的产物,没有必要以今天的观点去进行指摘。何况京剧中还有许多剧目并非都带有封建消极的因素,有的情节应视为对封建樊篱大胆的突破,是一种颇符合人们良好意愿的"民间性"。看来,对于京剧的"民间性"和"随意性"应予辩证的审视,具体的分析,区分其良莠精芜。

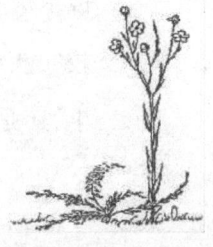

"计较"与"不计较"

　　我自幼喜爱京剧,在很大程度上也是因为我们那片地方够得上是京剧之乡,不但爱听戏的人多,票友也多,县城有戏楼,四乡常有野台子戏,而且北京(当时已称北平)、天津来的名角也多,仅是海滨的龙口港,四大名旦、四大须生中有好几位在这里戏院唱过戏。我的看戏经历有两个重要阶段,一个是少年时期在故乡县城和四乡, 主要是由大人们带我去看;另一个是我参军后做机要工作后, 取消了 "二人以上出门制", 自己在星期天到戏院看的。两段加起来至少有十年时间。与之同时,我还阅读了当时出版的《戏考》之类的戏曲知识书刊,增加了对京剧理论方面的认识,奠定了以后研究京剧的基础。

　　作为国粹的京剧,真是一个挖掘不尽的艺术宝库,也有说不尽的讲究。譬如以下这个"传统京剧观众的计较与不计较",就是一个挺有意思的话题。我们那地方,无论是饱学先生,还是粗通文字,甚至是目不识丁的戏迷,他们都很懂戏,就连耳濡目染的妇道人家，也能说得一套一套的。距我们二百多里地的烟台市，据说那里人更懂戏，对哪怕是角儿也很挑剔，很计较。

这传统京剧观众的计较之一，是演员在表演上的不严谨，哪怕是不经意的"露怯"，他们是难免要叫倒好的。我小时候就听本乡在烟台经商的戏迷传说：一位从京城来的名伶老生唱《王佐断臂》，唱得忘情时稍一疏忽，将本应收掩进去的"断臂"露了出来，结果招来一阵"倒好"，从此这位大牌名角很长记性，再也没来过烟台这个码头。你可以说这里的观众太苛刻不宽容也好，说是他们太认真、重规范也行，总之他们既来买票看戏，心里的尺寸是很严的。

而另一个计较是演员忘词儿。这也是我少年时听我叔伯二舅讲的。他年轻时走南闯北，南至上海，北至平津、东北，也看过很多戏。他没具体说是在什么地方，也没具体指的哪位演员，反正说是一位擅演诸葛亮的须生，一次出场念白，说道"复姓诸葛，字孔明，道号卧龙"时，竟一时将"卧龙"二字忘记了，所以在想的当中反复念着"道号，道号……"结果引起全场观众喝了"倒好"。事后有人嘲弄地送了这位演员一个绰号叫"倒好卧龙"。此说也许在于警诫演员，忘词儿可是大忌啊。

再一个是"笑场"，又叫"笑台"，也是观众所计较的。我就碰上过这样的情况。那是在解放战争中，蒋军侵占我县数月后逃窜，解放区为恢复生产和文化生活，在县城中重新整修

195

了一座剧场，有戏班前来唱戏。一位擅演《四郎探母》《路遥知马力》和《梅龙镇》等剧目的老生演员，扮相、唱功都不错，可就是一个毛病不好改，这就是"笑场"。有一次我一个人跑到县城花两角钱看下午场，一出《路遥知马力》本无多少谐趣，这位演员硬是憋不住笑，整出戏他笑了不止二十分钟，虽然挂着"髯口（胡须）"也掩盖不住。当时观众还算宽容，没有喊"倒好"，但这位演员还是为他这个毛病付出了代价，据说不久后即被剧团辞退。

但对一些内行老戏迷来说，他们最计较最挑剔的还是角儿行腔中的板眼问题。在这点上，演员的嗓音如何尚可包容，而对"走板"和"跑调"则更为敏感。二十世纪五十年代，我在戏院中看戏时，往往会看到有些上了点岁数的观众（以男性为多）微眯双目，手打节拍，如前面有木桌则叩打之，如无桌则虚点之，尤其逢到节奏感较强的唱段（如西皮二六等）更是如此。足见他们在品咂韵味的同时，对板眼则更加重视，如演唱者节奏失调，他们无疑是很计较，并且会对该演员做出相应的评价。

相反，传统的京剧观众对某些也许在今天看来应有挑剔的现象却很能给予理解，而不那么计较，至少在我长达十多年的看戏经历中是这样感觉的。

一是在演员的相互配置上，观众重在是否真实，而不计较某个演员的年龄大小老嫩。这可能因为京剧毕竟不同于电影甚至也有别于话剧,它总是有着虚拟性的神似特点,不是绝对的现实主义那种。所以,人们并不大追求形似的逼真。有这样一个典型例子:1943年左右,母亲、二姨带我去距本村西南方七里地的芦头。这里虽是一个集镇,却也有一座颇为像样的老戏楼。那些日子,连续演的是一出新的剧目《苦中义》,说的是一户人家姐妹俩受到继母的虐待,幸而得到随继母改嫁过来的"哥哥"的好心庇护,其情令人感动,观众无不唏嘘。而这位"哥哥"是由丑角担演,头上是一根钻天锥,戴红肚兜,当可知剧中人年龄不大,却由在当地一带非常有名的丑角扮演,据说他曾于京拜名师学艺,由票友而下海,当时已在四旬至五旬之间,而与年仅二十左右的年轻坤角两位"妹妹"配戏,看起来并不协调,但这位小丑"哥哥"以真情服人,观众也就顾不上计较年龄的不相配;而且,这出新戏连演半月,远近几十里纷纷前来看戏,乡村路上络绎不绝,给当地观众留下了几十年的记忆。

二是只要唱得好演得活,形体上的瑕疵观众亦可略而不计。因这些瑕疵多是自然如此,而非人为的疏漏。同样是在二十世纪四十年代,一戏班在县城戏楼经常演出。这个戏班最强的演员阵容是男旦青衣和花旦,主角有一位小姜和小孙(当时我也只知其姓而不晓其名),小姜擅青衣行,扮相清俊,鹅蛋脸,腰身匀称、适中,最拿手的剧目是《武家坡》《汾河湾》《宝莲灯》等,男女观众都爱看他的戏。美中不足的是,他生有一双大脚，虽有裙裾遮掩一二，有时还是难免露出。

他演的是正旦、青衣，一双大脚也有些煞风景，但对多数观众而言，可能是爱屋及乌之故，看长了并不计较，尤其是小姜脚虽大，但脚片很薄，台步轻盈，如行云流水，绝不难看，所以偶有个别人发出挑剔之声："这跟三寸金莲可差大了。"立马就有更多的观众为之辩护："人家长得就这样，还能拿刀削削吗？"对演花旦的小孙也是那样。小孙最拿手的是《乌龙院》《战宛城》一类的"骚型花旦"，据说还会"踩跷"绝技，但我未看见过。小孙扮相不大理想，眼小鼻阔，但表演极活，道白传神，有"活婆惜"之称。这样观众看着有戏，也就不大计较其脸型瑕疵了。

其三，一般观众对化妆之类的技术问题相对能够包容。最典型的是京剧早期的化妆等条件不够成熟，但并不影响角儿的成名。譬如陈德霖，乃京剧早期旦角泰斗，是梅兰芳前辈的前辈。我曾见过他的剧照，其人方脸宽额，早期化妆不似后来有了一些弥补遮掩的功夫，因此看起来缺乏女人相，或者干脆说仍似一个男人，但因那时旦角无坤伶应工，所以观众无对比反衬，也就只能适应，当然谈不上计较不计较的问题。几年前我在北京东部"京剧博物馆"有幸得见早期名伶之剧照，文字介绍陈德霖原籍为山东黄县人，当时使我大为惊愕，从未想到伊竟是我的同乡！我从前在家乡绝未听说过，恐怕至今当地也未必有人知晓。原来陈少时由家乡来到北京，投身梨园,得慈禧垂青,后入旗籍,可能被人误认是满籍。所谓"不计较"也是受时代限制,如在今天,"坤角"佳丽满台,且又年轻貌嫩,似当年德霖老夫子之"芳容",之化妆术,恐难过观众眼关。

其四,传统观众对演员之间血缘辈序之类也不甚过问,当然也就谈不上计较。固然我幼时听说人们对戏班中血缘关系与台上辈分的错乱也有说法,譬如父女关系在剧中竟是"夫妻",母子关系在台上竟成兄妹,等等,认为是"不讲究"。但在实践中却没有谁对此提出"严正抗议",只将其视为"做戏"而已,何必当真!直至二十世纪五十年代,我所遇到的一个剧团内,许多演员竟是同一个家族,演《凤还巢》时,主角程雪娥的扮演者乃本团台柱,其父演朱千岁,其母演娥之姐程雪雁,其弟演剧中情郎穆公子,其姐演其母,总之是一种辈序颠倒的组合,观众中许多人虽知其情,但似觉平常,在新中国成立不久的五十年代,人们的心态如此平和如此包容,毫无"左"的指斥,回想起来也挺有意思。

在今天,以上有许多情况已成过去,有些现象纵还存在,人们的观念也发生了变化。不过,重提传统观众的某些"计较"与"不计较",回味一下亦不无意趣,是不?

似"戏"而正

在四五年前吧,我偶然在央视六台电影频道上看到了一个名为《打渔杀家》的电影,本能的反应可能此片是借用了京剧《打渔杀家》的故事梗概拍成的。那一次是粗看了一下,除了证明我判断的剧中肖恩、肖桂英、花逢春等人物的名字与京剧重合外,其他方面并未完全袭用同名京剧,而故事情节的发展要更曲折复杂。过了一年左右,我在电影频道上又碰到了这个电影,这回便认真看了,更进一步觉得它是一部构思严密完整,表现力较强的影视作品。它似乎从京剧《打渔杀家》和《水浒后传》(清初陈忱所著之长篇小说)中得到了一定启示(如将主角肖恩的真正身份定为梁山好汉幸免逃脱的阮小七),而在《水浒后传》中亦有阮小七和混江龙李俊的主要活动,但作为影视的《打渔杀家》无疑有它较大的再创作,凸显了主要人物肖恩的隐忍和一旦爆发后的决绝与酷烈;在人物内心世界的揭示和把握上也完全没有了表面化和简单化的痕迹;深化了在艰厄中人性化的细腻刻画、结尾处的出人意外和脱俗的韵味。

　　可能是因为我孤陋寡闻，没有想到在此以后又在影视频道上看到了取自《水浒传》的人物剧《杨雄与石秀》《朱仝与雷横》《神机军师朱武》《神算子蒋敬》《丧门神鲍旭》等。我猜想一定还有我漏看的其他人物的影片。但仅就这些亦不难看出这是编导和影片制作者有章法地取材或借用水泊好汉名号拍成的系列故事片。仅以上面的片目而言，有的则有较大改动，有的基本上只用其名而另"装"其事。动因还是脱胎于《水浒传》。而电影《打渔杀家》与京剧不同的是:所谓"肖恩"，不是梁山好汉阵列的"编外人"，而是正经八百的"活阎罗阮小七"的化名，所以亦应列入与"水浒"有渊源关系的系列片之"正文"。

　　然而，说实在话，最初当我看到《打渔杀家》之后，其他的一个个"水浒"好汉纷至沓来，尚未细看，便误以为是一种讨巧的策略——借古典名著之外壳，以行"戏说"之实，扩大影片影响，以获取经济效益。但当我又看了两个片子之后，便改变了原先的误断。原来这些影片的主体，虽有"借用"之意端，旧瓶装新酒，但总的说来，其创作态度是严肃的，在编、导、演、制作等方面，都是认真的，有章法、有取向的。甚至还可以说，这种"借名还魂"的创意，虽不为全新，却也不乏良苦用心，不能仅从它们借用"水浒"的一点外壳甚至只用了其中的几个人名，就妄下"戏说"的结论。从几部片子，亦不难看出它们已显现出一些特色,取得了若干积极的成果。

　　首先,集中地突显了扶正抑邪、除暴安良的主题。在传统的"旧小说"和宣扬"侠义"行为的作品中,经常出现被颂扬的特征性词语叫"杀富济贫",给人的感觉好像是区分正邪、善恶的最标准界线是财富的多寡。在旧时代,这一特征不能说与善恶全无关联,但至少仅从财富的拥有与否(即单一的经济角度)决定观察问题的基本点是不够全面,甚或未免表面化了些。值得注意的是,上述系列影片在相当程度上摆脱了这个惯常的模式。它的爱憎立足点比较明确为善恶与正邪。片中的"好人"并非都是最穷的人,却是一些正直、善良、诚厚、多行义举的人。其中有清贫之士,也有仗义疏财者,有底层的被欺凌被压迫者,更有路见不平拔刀相助、不畏强暴敢于抗争的代表人物。而另一方面,被人痛恶的反面形象不仅有为富不仁的员外,也有官匪勾结残害良善的知府、知县之类;还有本性邪恶、无恶不作的土棍,亦有只为满足个人私欲而不择手段的害人者,总之绝不忽略人性善恶这一区分正邪的要素。不概念化、简单化、表面化,而特别看重多面分解、深层挖掘。为从创作实践上体现这一思想主题,编创者对所借用或依据的原作进行了必要的修正与补足。如《打渔杀家》一片贯穿的主线并非表面的催讨渔税银子,而是另外的两个。一是恶霸员外强娶肖恩之爱女肖桂英,另一个更潜隐的则是围绕着一件宝物——庆顶珠展开的斗争。原京剧虽然别名

《庆顶珠》,但在剧中并没有展开,而在影片中,自始至终为此而跌宕起伏。故事的设置是:这颗宝珠原是另一支起义军首领方腊"王冠"上镶嵌的祖传珍珠,梁山起义军被朝廷招安后,在征讨方腊之战中两败俱伤,最后一役杀死方腊的就是阮氏三兄弟之一的阮小七,后者理所当然地缴获了这颗宝珠,从此一直珍藏在自己家中。但事机不密,有人还是知道了阮小七就是庆顶珠的拥有者,后来恶霸权奸们又侦知化名肖恩者就是阮小七。于是,爱女、宝珠两项便使隐姓埋名多年的阮小七再也不得安生,迫使他忍气吞声亦不可能,只能从搁棚上掣出尘封的宝刀,经过绝地搏斗而脱离了血海,与爱女一起泛舟奔赴孤岛,使爱女与花荣之子花逢春完婚。当夙愿完成后,"肖恩"老人将庆顶珠抛于万顷碧波,自身也溘然而逝。如此的变动与丰富,较之同名京剧的主题更加深化,扩大了作品的思想空间。封建统治者利用起义军们相互厮杀,最后只能是以悲剧而告终,这也是一种无声的铁的证言。另如《杨雄与石秀》,也不似原著中杀海和尚和潘巧云这对奸夫淫妇的惩戒与石秀对被诬的泄愤,而是与另一桩罪案密切相关。原来杨雄的岳丈潘公长年与衙门的酷吏勾结,丧尽天良地以乞丐和孤苦的流落者顶替罪行累累的死刑犯以赚取不义之财。此一草菅人命的罪行潘公的义子海和尚亦参与其事,潘公之女潘巧云也完全知情,当他们的罪行初露时,便设计加害石秀和杨雄,结局当然是被石秀先下手而遭受惩罚。

这样与原著不同的是,奸情只是全部故事的一个组成部分和导火索,而杨雄尤其是石秀的举措本质是对不良人等反击的正义性质。这也改变了多年来人们对小说中石秀和杨雄的仇杀过于残忍的指责批评。

其次,不仅是修补,对于系列片中仅是"借名"的作品,事实上是一种全新的再创作。长时期中,人们对于有定评的文学名著,好像只能同声说好,不能言其尚存什么瑕疵;只能锦上添花,而不能雨中补漏。以中国四大文学名著《水浒传》为例,好,是没有问题的;定评为名著,恐亦无异议。然而,多年来非止个别专家和读者对《水浒传》尤其是一百二十回和一百回本,认为有"虎头蛇尾"之虞;较之前部,后面结构及文字均较粗疏,似乎为匆匆收场,一百零八将大部被匆匆"收回"。其实即使是"英雄排座头"的七十回本,已经初露端倪;梁山英雄中一部分主要人物,上梁山上得有声有色,而后面的一些次要人物,有的则近乎"龙套","拉伙"上山颇有"凑数"之感。以我所看到的系列影片中人物,如《神机师朱武》《铁算子蒋敬》《丧门神鲍旭》等为例,在原著中基本上只是一个个符号,令人称道的表现几乎全无展示。如今的系列片则对这些符号性人物热诚眷顾,使他们一一获得了展示的机会:神机师朱武有了与他的绰号大致相称的合理安排。"神算子"不只是算盘不离手,在与对手较量时往往以智取为多,表面上的玩世不恭虚掩着内在的精细稳练,不出手则已一出手则多能命中对手七寸。不仅是在中原地区，尚能跋涉至秦陇黄沙地带体验丝绸之路的陌生与艰险，虽九死一生之明争暗斗却能全身而退。由于其智算多效亦为一位性情泼辣的西域旅店老板娘所折服，终是一部邪不压正智能胜恶的好看影片。而"丧门神"其实并不凶恶丑陋，貌不出众却胸有定数，没有伶牙俐齿却也绝不对气势压人者随声附和。刚出场时他本来武艺平平，但暗立宏志进行魔鬼式苦练终臻于上乘；初则受伪善的奸人蒙骗，渐悟后经过耐心缜密的长时访察，终于查清当年被诬陷致死的父亲的真情，义无反顾地惩罚了真凶，然后"负案"走上去梁山之路。这一个个本是符号式的"龙套"人物，又一个个变得鲜活丰满起来，而且总的来说，性格并不重合，情节各有千秋。我认为，这一系列影片应认为是具有不错创意的新贡献。"借"了古典文学名著的几个人名就"玩"出了一部部有声有色的作品来。

最后，具有堪可称道的武打风格，亦可算是一套系列影片的创作路数之一。是剧情需要，也是为吸引观众的更大兴趣。好处是打得新奇，也得体，看得出是力图出新，尽量避免老套乏味。即使是"打"，对原著也是有必要的突破。如《杨雄与石秀》中，"石秀智杀裴如海"，在原著中只有几句话："被石秀都剥了衣裳，赤条条不着一丝，悄悄去屈膝边拔出刀来，三四刀搠死了……"而在影片中，双方还有一番争斗，海和尚也有身手，会拳脚，只是最终难抵石秀罢了。本来，在电视连续剧《新水浒传》里,石秀杀海就很费了些功夫,而在影片中,既表现这个本不安分的和尚会些功夫(很合情理),更显石秀英雄了得。另如蒋敬之打鲍旭之打也都合于性格。蒋敬在与对手周旋角逐时,算盘也成了道具,而鲍旭打斗中也显出几分憨厚,但都设计得相当好看。也难怪,在那个时代,惩凶最后都很难离开打斗。通过各式各样的打斗,在原著中并无作为的"地魁星""地会星""地暴星"们便有了用武之地。综观上述种种,借名著以再创作的系列片并非"戏说",实为正剧。

第 五 章

自然天地间

感觉中的垓下

如果你是抱着奢望来寻找过多的古战场遗址的话,纵然不致完全失望,恐也不会满意而归。不错,这一带还保有一些值得玩味的地名,诸如"上马铺""虞别台""霸离村"等,但也多半是寄托着后人的悲绪,谁也没做过仔细的考证。不过,有一点是确凿无疑的,这一片地方就是刘项相争最后决战之役的场地——今安徽灵璧东南稍有起伏的平川地带。如果你不在乎玩赏风景,而是追索一种感觉的话,还是足够你体味一番的。

我忽然想到了"舞台"这个词儿。真的,这里也许没有产生过什么剧种,却是华夏著名的大舞台之一。距今两千多年前那个秋夜,韩信威风凛凛的令旗,伴着张良绝版的箫声,变奏出一曲《十面埋伏》,至今在音乐舞台上仍盛演不衰。

我不禁想起梅兰芳先生的一段著名道白:"云敛晴空,冰轮乍涌,好一派清秋光景!"想来在两千多年前那个夜晚的月亮是地道的"冰轮";过于明亮,反有点令人发瘆。有时最辉煌恰恰是最晦暗。虽说作为四百年"炎汉"是皇朝风光的起点，但对于垓下决战的主帅淮阴侯（还曾被封为楚王和齐王）韩信而言，其命运已提前透支。所以，表面的胜者韩信和败者项羽谁都不是真正的赢家。

当霸王在乌江(今安徽和县东北)自刎的时刻，韩信的军事天才已发挥到极致；当君臣举杯共庆决战胜利的时刻，残酒溅地拼出一组密码——从淮阴无赖胯下脱出来的一位历史人物，又在不知不觉间走入泗上亭长的胯下。就在这时刻，惨剧与醇酒混在一起同时酿造。

最清醒的是张良，事成后轻装淡出，将大舞台甩在身后。但他也未必那样对世事充耳不闻，在此后的类似清秋之夜，也会透过洞箫的音孔，凝望着未央宫的血光。那是在垓下决战仅仅六年之后，据传韩信就死于桃木剑下。这是流传于民间千百年来的说法：当初汉王刘邦曾许下金口诺言，韩信是不能用钢铁等金属兵刃戕其身子的，那就等于说是不死的韩信，也使韩信有了一个"固若金汤"的自信。吕后倒也恪守君王诺言，不用金属，而以桃木剑解决之。民间又有言："钝刀子拉肉最难受。"此说如属实，淮阴侯的不爽之痛可想而知。谁说中国的封建统治者缺乏创造性？桃木剑的创意就很出色很奇特嘛。外国有达摩克利斯剑，中国封建社会有桃木剑。

一般史称：韩信是被吕后杀的。其实不言而喻，吕后敢于下手，早已从至尊那里得到了确凿无误的暗示，只是这样做更为策略些罢了。否则,刘邦焉能不震怒?

从一定意义上说,韩信也是自投罗网。自古以来从人性上说,凡自恃才高之士,总要寻找一切机会展示自身的抱负与才能,因而便择主而从之。类如韩信之辈,虽自负有将帅之才,善用兵或善筹谋,但天生并非能自立之主,不是故意不为也。在一定阶段之内,也许兵权在自己手中,但命运却不在自己手中,其结局可鉴。话又说回来,虽如此,毕竟也在风光的疆场上驰骋了几把,博得个史传留名。有如当今年轻人惯用语:"实现了自我价值。"不仅如此,与韩信有关的成语和故事,至今也还留下了几个,诸如"背水一战""胯下之辱""兔死狗烹"等,不论是以非凡才智和魄力得来,还是以屈辱与无奈而博得,总是一个"成果",一般人能吗?

又回到垓下古战场上来,除了庄稼收割后略有起伏的平川而外,只有升起的几簇烟雾,却不是军旅中报警的烟墩,而是极少数农民图省事焚烧的玉米秸秆,还有近村之间两帮顽童相互扔石头瓦片对击"厮杀"。此时,无论是刘邦、韩信,还是霸王项羽,真正的赢家,似乎的胜者还是完全的败者,哪个也全无踪影。除了一二专家考证者,还有我这样的没事找事的旅人,恐怕极少有人将眼前这片土地在自己脑子里贴上"古战场"的标签。累不累?

210

谒虞姬墓

　　此女见于史传，公元前 202 年前的一位妙龄女子，一说是姓虞，一说是名虞，反正是不增不减，实事求是就称虞姬。既不像后人创造的"貂蝉"那样，本来在《三国志》只是司徒王允府里的一名歌伎，到了小说《三国演义》里便有了芳名，还被众人册封为中国古代四大美女之一，与西施、王嫱（昭君）、杨贵妃齐名；并且累得大家在全国各地不止一个地方为她设冢。同样的，虞姬也不是近来兴起的任意戏说的人物符号，当然就不同于电视屏幕上乾隆爷身边的那一堆"女孩儿"。对于我，觉得这就是值得关注的一个起码的前提。进一步说，她还常随项羽征战，这就决定了此人固然有些姿色，但还不属于那种娇滴滴的小女人。当然她也会唱歌，善舞剑。有据可查的是，她在项羽大势已去，慷慨悲歌时，也以歌和之，歌词曰："汉兵已略地，四方楚歌声。大王意气尽，贱妾何聊生。"

　　有鉴于后者，更使我感觉值得去看一下虞姬墓。墓丘在一名为虞姬乡的地方，四周有院墙圈围，姬墓为夯土垒成，有砖砌边,正中墓碑为颜体正书"西楚霸王爱妃虞姬之墓",两侧各一行字,上联曰:"虞兮奈何自古红颜多薄命。"下联曰:"姬耶安在独留青冢向黄昏。"乃本不相关的诗句拼凑而成。据守墓老人介绍,此碑为清时安徽天长县知县所书,书法功力比较一般,但此无关紧要。

墓的南面为中央大厅,有其夫君霸王项羽的石雕像,须发虬张,为勇武力士形,这较京剧舞台上的满口浓黑长须更符合霸王的性格和年龄。其实项羽死时也不过三十周岁,按现代标准是绝对的青年将军,与虞姬之间也绝对算不上老夫少妻;当然,估计并非"原配"。

但称她是"随军家属"谅是不错的,却未必能兼任军师的角色。而且,她绝不是拖累人的那一类,也不愿给夫君的乌锥马增加重负;虽在绝境中也不失从容,果断地选择她自认为的最合适的方式:以己腕之力,抽夫君之剑,直到最后一死,也未忘"天作之合"。

于是,那利剑与玉颈,组成悲壮的十字架——一首凄婉的诗。也许,尽管她预料到西楚最后的失败,却不愿眼睁睁看到那完全失败后的惨象,而宁可保留着夫君虽徒叹奈何却还没有倒下的最后形象。

多年来,我始终有一种感觉:虞姬虽为王妃,但并未如历史上某些王妃那样,或纯为金丝鸟,在君王那里,只具有玩赏以至娱乐价值;或名为从属实为支配者,以色相和其他揪心的魔力在相当程度上左右君王。而虞姬好像都不是。其人虽美却有"心",有情而比较平等。我这种感觉不知从何而来,史传和民间传说,抑或是京剧舞台？是,也不全是,但潜意识中总是如此,而且由来已久。

当我离开墓园时,园中仅有的一位守墓老人已在躺椅上悄然睡去,他原来在看的一卷线装古书不经意掉在地上。整个儿这一带都静得出奇,好像历史在沉思,不愿噪声打扰。天上落下细雨,有一搭无一搭的,就像有些民间传说那样莫衷一是。我登上一辆由东向西的有点破旧的运营中巴车,想冒雨再到西南方向的宿县大泽乡陈胜吴广起义处看看。

那里又必是另一番风景！也真是,雨下得愈来愈大,雨点子打在车窗噗噗作响。嗯,大泽乡,到了。我下也得下,不下也得下！一头扑在雨雾里——哦,历史！

寂寞:大泽乡的土台

　　或许我这人与雨有缘,回想过去几十年凡是给我留下深刻印象的所在,当时大都下着或大或小的雨。这样,我的一些散文,就不能不提到雨景,而绝非"情不够,雨来凑"。这不是,先几年我专程去安徽宿县,只整整一日,老天就时断时续、时大时小地下着雨。上午去灵璧看了虞姬墓,下午是临时起兴,去宿县大泽乡瞻仰了陈胜、吴广公元前 209 年揭竿起义的故地。

　　当我在宿县城的一家饭铺吃罢午饭,雨本来有些消停了,天空的云团被撕得很碎,我心里庆幸不会再挨浇了。谁知上了一辆稀里咣当的运营小巴,走了不远天上的乌云便重新抱起团来,大雨点子像银币似的拍打着车窗玻璃,本就超员的小巴里的乘客可能已习惯了这样的天气,脸上的表情大都有些麻木。坐在我身边的一位三十八九岁的中年男子许是看我有些异类,从侧面端详一阵子之后终于问我去哪里做甚,我如实告诉他去大泽乡"看陈胜吴广"。后面的一位小伙子高兴地插嘴说:"巧了,他就是大泽乡的村干部。"我看了看也有些像,便请他到那里后给予指点。他验看了我的证件,不再犹豫地答应:"没问题,我带你去。起义的遗址就在我家的前面,不远。"他给人一种信赖感,我心想遇到热心人了。

人,有时不得不处于绝对被动的状态,不论你平时觉得怎么怎么样。我在途中就是这样,只是绝对被动地觉得折转了几个大弯儿。那中年男子说:"到了。"下车时,雨势半点未减,我们谁也没带雨具,只能任其摆布;确有压力太大反不觉重压之感,不管不顾地在雨阵里冲突,脚下的泥水溅起浸湿了半截裤筒,而且越来越沉,因为不只是雨水,还有烂泥。村干部将我带至他坐北朝南的家屋,前面是雨雾迷蒙下的旷场。他的妻子切了一个西瓜,招待陌生的客人。村干部安慰我:"过一会儿雨会小的,我再带你去看。"

"你们这里总是下雨吧?"我的问话还有一句潜台词:两千多年前的陈胜吴广当年就是因为连降大雨误了期限才被迫行动的,难道说两千年间气候就没有什么变化?还是一种巧合?不过,这倒也好,与当年天气情况的重合,更能体味那种真实的场景。

过了不到半个钟头,雨势果然弱了些,我急于要去现场,村干部拿出雨伞,我俩分别撑着,踏着泥泞,来到前面两百米开外的陈胜、吴广起义故地。这里四面有围墙,村干部请管理处的负责人打开园门。虽是国家级文物保护单位,但没有别的人来，我估计即使不是雨天，参观的游客也不会多；或许有门票，但因村干部与管理人员很熟，经他介绍，我俩自行地进来。进门处有陈、吴的巨型雕像，给我的感觉沉重而肃穆；加上是雨天，周围静得连稀疏的雨点声也被空气吞没了。雕像后面就是一方偌大的土台，多高？眼前没有数据，我也没问向导，目测三五米光景。上得台来，几乎没有什么另外的建筑，如果不是为了实地感觉，而按一般游客看光景的心理，肯定会大失所望。而我却无半点失落感，联想得很多，很饱和，最关键的一点是，好心的向导以十分肯定的语气告诉我："这是实实在在的起义原址，我们世世代代住在这里，一代代传下来，证明没错。"这就够了，绝对不虚此行，对于一帮赤条条的戍卒农民来说，还能要求他们些什么呢？

最有价值的是，这是真的，真的就在这里发生过，而不是伪造的；如属后者，纵然是亭台楼阁又有几许价值？

天云复又被扯开，我忽生一种联想：莫非是陈胜、吴广诸人的在天之灵，以"竿"揭开雨云，才搅了个七零八落？这正如当年这帮首义者，尽管闹腾了半天失败了，却从此也把偌大的秦王朝搅了个不亦乐乎，再也稳不住局面。他们以自身失败的代价为他人作嫁衣，尽管也是始料不及的结局，另一方面，他们造反的对象也是始料不及的，由于一帮被逼无奈、缺乏明确纲领的穷小子敢为天下先，最终埋葬了曾经不可一世、庞大的也是中国历史上在位最短的秦王朝。

以往读了不少谈及陈胜、吴广起义失败的文章，最常用的词儿就是"一场悲剧"。今日我倒觉得未必非如此看不可。对于一个重大的历史事件，一个历史阶段，不论是悠长的还是一闪而过的，重要的是曾经发生过或存在过，这就具有沉重的分量和不简单的价值。不然，为什么这一个不起眼的土台，就被命名为国家级文物保护单位？我由衷赞赏有关方面的眼光和标准，他们没有浅薄的势利眼，也不完全以成败论英雄。

"先生，你琢磨啥哩？"向导村干部见我半晌不言语，试探地问我。但没等我回答，又接着问："你说这两个老兄为啥不能成功？"

"你说呢？"我微笑着反问他。

"打不过人家呗！"他这一下打开了话匣子，"陈胜、吴广怎么说也还是庄户人，扫它几个秦朝的地方政权、地方武装还可以，所以攻下了陈县(今河南淮阳)和赵、魏等地。可是跟经过训练的章邯大军交手就顶不住了，结果只能给人家项羽、刘邦他们垫背。"

想不到眼前这位中年汉子，竟有他一套不俗的见解。比之于过去若干年中那些"农民阶级局限性"笼而统之的定式至少从一个角度讲出了一些实在的道理。在他执着的催问下，我也从另一个角度说出我自己的看法……

当然，我绝不想在这大雨天里搞什么学术研讨会，也无意全面评价这场农民起义的得失,但我结合这几年所思考,深感自陈胜、吴广始,迤至隋末某些农民起义军,直到明末李自成的大顺军,他们的具体情况尽管各有不同,但在一点上是近似的,即通过自身的浴血奋战,削弱和摧毁了旧有的政权与军事力量,但无不给另外新起的摘桃者(不论他们是本民族还是异民族)蹚平了夺取政权的道路。不论他们有哪些缺点和弱点,但身上总还带有农民固有的朴拙,而那班摘桃者在有些方面却高明得多,最明显强于他们的是作为封建帝王少不了的机变与权谋。相比之下,陈胜也好,隋末的一些农民军领袖也好,乃至李闯王也好,也许他们都有称王称帝之心,却缺乏真正立足帝业各方面的必要准备。相比之下,借天下纷乱、群雄并起最终摘桃的刘邦、李渊、爱新觉罗·福临(实际上是多尔衮)等基本上都做足了准备。从文化思想上说,陈胜、吴广直至李自成等仅有的大体是在儒家思想浸染下的农耕文化;而步其后尘的成功者拥有的则是具有流氓混混意识或贵族军阀之类的强势文化。也许后者同样"学历"不高,但他们拥有权谋和强势文化思想,比之朴拙的农耕文化在夺取政权上更实用,更具杀伤力。这也就是陈胜、吴广之辈多半只能起到推土机和铺路石作用的致命因素之一吧?

"先生,陈胜最后是不是被人暗害了?我记不起那小子叫啥名字了。"

向导的一提，又使我想起了那个叫"庄贾"的叛徒。叛徒的产生，源于一种功利意识，更有深层的人性原因。大抵是某种政治军事集团力量趋于下风更不用说是败落阶段，一些原属投机者、心术邪行的趋利者，便极有可能采取叛卖的行径，其中有的杀原来的主家以求荣，其实不仅是杀害陈胜的庄贾，还有杀害黄巢的黄的亲外甥林言(可谓贴身警卫)，等等。这种现象，不仅在古代农民革命中有，近世革命队伍中也不乏其人。如著名英烈方志敏、杨靖宇的被捕都有人告密；皖南事变中的项英也是在睡梦中被叛徒所杀，同时被害的还有新四军领导层中的多位重要人物。至于在抗日战争中出现的汉奸之多，则更为人们所熟知。在抗战的最艰难阶段，国民党军中成建制的叛降而变为伪军者，更成为一种"现象"。恐怕在某个时期某个民族这种现象更成为一种突出的特点。

我和村干部向导不期而遇，在土台上流连的四十分钟内相互谈了不少，他也显得很高兴，直至离开故址回到他家里，他还热情地要留我吃晚饭，"饭后我送你到宿县"。我要及早赶至火车站，晚上还要乘车回北京，便谢绝了他的好意。他在门前道边上送我上了一辆回宿县的小巴，依依地与我挥手告别。谁知刚出村子不一会儿，雨又下了起来，而且比先前下得还邪乎。我心中不由得默默感谢陈胜、吴广二位的"在天之灵"，使我有了一个空隙看了他们揭竿而起的故址。但在同时,我却又生出另一种想法:雨下得大些也好,如此有声有色。从车窗回望土台那边,灰白色的雨雾如重重挽帐,揭天刮地的呼呼雨声还夹杂着雷鸣,也使那土台减少了些寂寞。

只是不要形成泥石流,破坏了那个仅有的土台。

感受南漳水镜庄

　　读者对公元二、三世纪之间"三国"时期这段历史较为熟悉，在很大程度上得益于《三国演义》这部小说。此书虽系小说，但"三分为虚七分为实"，大致脉络和主要人物还是基本上有依据的。在中国版图上，三国故事的发生地最多的应是今之河北、河南、湖北、四川、陕西等地。当然，也涉及江苏、安徽、江西、湖南、山东、甘肃等省的一些地方。但最有声有色、最脍炙人口的故事发生地，我觉得应首推今之湖北，而湖北又多集中在荆襄地区。

　　在过去一二十年间，我曾多次往访荆襄地区，但襄阳以南不远的南漳县却没有去，应是一大遗憾。恰因去年深秋季节的一次文学活动而得遂夙愿。我素知南漳可观之名胜景点颇多，在此仅就我拜谒与三国故事密切相关的水镜庄说说我的感受。

　　水镜庄位于南漳县城南郊不远处。东汉末年司马徽（字德操）因避北方战乱隐居于此。司马徽为当时品德学识俱为人称道的高士,作为学者、教育家也是敏于关注时局动荡的政治家,与同时隐居襄阳以南岘山的名士庞德公交厚,并和胸有抱负的徐庶、诸葛亮、庞统等交往密切。庞德公将司马徽誉为"水镜"先生,称诸葛亮为"伏龙"、庞统为"凤雏"。"水镜"先生对诸葛亮和庞统极为器重,断言"伏龙、凤雏二人得一可安天下",并与徐庶竭力向刘备推荐诸葛孔明。因此,可以这样说,"三顾茅庐"虽发生于襄阳隆中,但发端于这里的水镜庄。刘玄德的"马跃檀溪",则是预示他不论经历多少周折,也要使"卧龙"出世而共谋扭转乾坤之策。

一架铁索板桥晃动摇曳,恍若艰难地将我们这些远来的探求者承渡至一千八百年前的神秘处所,去感受一个耳熟能详实却非常陌生的境界。眼前"水镜庄"三个古朴苍然的大字,顿时使那些从书本上领略到的情景纷至沓来。庭院、古树、碑碣,尤其是庄院背景那扇形的山脊,都充溢着浓浓的沧桑意蕴。就连鼻息中感受到的混合着青苔和古木的气味,都使来访者确信这儿就是那位隐者居住、讲学以及与友朋知音纵谈天下大事的所在。纵然节令正值深秋,我们似乎仍可感受到先贤的体温,隐隐听到那流连在树丛叶隙间的吟诵之声。

当文友们竞相摄影留念时,我独步沿山壁而行于西向小径,沉思于当年水镜庄主人及相关的历史事件,揣摩彼时人们的心迹与活动,思考着不仅在当时而且可以贯穿时空的人生至理、经验和教训,亦可理解为古今人们的对话——

司马徽和庞统无不具有济世之胸怀和知人之眼光,表面似淡然却并非疏离尘世,双肩虽无有形之担当实则不乏炽热之心肠。正因如此,才能一再向自认为值得信赖之君推荐贤能。从一定意义上说,"伏龙""凤雏"尤其是诸葛亮日后得以施展抱负,不仅是由于刘备的信任,亦有"水镜"先生等人的贡献在焉。只不过,他们只是基于做人的本分,济世之责任,而绝无个人利欲成分。由此看出彼等人格之高洁。他们后来的经历在继续验证着这一点。司马徽虽由于荆襄地区沦陷于曹操而实被裹挟至曹魏营中,但不久即疾终,说明其处境完全违其所愿而郁郁所致。庞德公则被召而不受,宁在鹿门山中采药而终,无愧于水清镜心之士也。

言至此,我忽然想起曾有论者说,三国时期某些有志有才之士(包括诸葛亮),不去投靠雄才大略的曹孟德而选择倾向于刘备,是典型的迂腐之举。当我乍听之时不禁摇头。但随后觉得不能简单地冠之以 "势利眼""彻头彻尾的实用主义"了事。因为,这也是由于当下某种片面观点的影响,才造成这样以实力定取舍的非此即彼的选择法。事实上,认为司马徽、庞德公乃至徐庶他们的倾向与选择是"迂腐",那才是十足的可笑之见。他们在曹操与刘备之间所产生的感情倾向和行为选择,既不仅仅因为刘是所谓"中山靖王之后,孝景皇帝玄孙",也并非其人有什么"两耳垂肩双手过膝"的异相,本质上说,还是相对说来在强力制胜与仁厚服人之间的选择。尽管前者气势汹汹、凶悍异常,而后者暂时处于弱势,仍不能改变他们精神天平的定式。这种观念的形成既是本性向善所决定,又是后天教养之使然。总之是政治倾向与人性向背的自然契合,是难以改变的综合体,体现了他们清醒的价值观和政治观。可以说,在那个时间节点,荆襄地区形成了一个比较稳定也是比较清醒的"拥刘派"。它的形成不是偶然的,主观的人性"色泽"与政治要求适应了客体召唤,这就是一种信仰。这样的信仰在中国民间是符合大多数人的"心理倾向"的,他们往往并不如某些人的观念那样以表面的强弱乃至成败定爱憎,并不因雄才大略的"魏武挥鞭"乃至东临碣石诗情大发而模糊了对相对善恶的分辨。这与我们对历史人物功过的全面评价虽有联系却又并非同一概念。也就是说,历史人物的本领和功业与公众的人性道德评判,有时是存在一定差异的。

与上述相联系的是,我又想到了"气节"。这个也许被某些更"明智"之人渐行疏淡的字眼,实际上仍有很重的精神价值。所谓"气节",当然是坚持正义的高尚品质与节操。这也就是为什么在抗战时期,人们对认贼作父背叛民族和人民的汉奸深恶痛绝。而在一千八百多年前,徐庶(元直)纵然被诱骗至曹营,但终生不为曹魏设谋出力,一直被后世百姓所称道。其母为他"事曹"(虽然并非心甘情愿)而自缢明义,被后世誉为历史上的"贤母"之一,足见"气节"之公众道德生命力。

那日,当我们由水镜庄返转,仍由铁索板桥走过。不知怎么的,我觉得晃动得轻多了。这时,我已背对山庄大门。但背对不等于背离,更不意味着遗忘。谨著此文,以为永记。

从石驸马大街到"瓶庐"

——翁同龢故居观后

在江苏常熟市参观翁同龢故居，突然，在陈列的翁氏年表上看到一则简介：当年翁氏在北京的居处为宣武门内石驸马大街罗圈胡同口内。我不禁眼睛一亮：原来他还是我的"老邻居"啊。因我曾在石驸马大街（今改为新文化街）住了三十年，距罗圈胡同口仅一两个门儿。为此，我特地重去故地考察了一番，问了几位老者，认定为今罗圈胡同坐西朝东的一所大院。当然，与百年前相较已面目全非。

翁同龢，生于1830年，卒于1904年。其父亦为清朝官员，因此翁氏生于北京，幼时一度随其母回原籍常熟，并在乡攻读，咸丰年间得中状元，后为光绪帝的老师。翁在同治、光绪年间历任刑、工、户部尚书，并两度入军机处。因支持康、梁等人变法，力主光绪皇帝亲政，当戊戌政变后被慈禧太后罢免，于1898年6月迫令还乡，交地方官"严加管束"。至此到六年后辞世再未回京城，在常熟大部分时间亦未住城内，而

226

是蛰居于城西北虞山一处名为"瓶庐"的幽院之内。"瓶庐",顾名思义,曰蜗于瓶中,身心约束而不得伸。院内有一口深井,是翁同龢为自己临危时备用,而不仅仅是食炊所需。他久居京师高层,深知世事之幽险,虽一时"荣恩"被放还归里,难免仍有惶恐不安之感。一旦事态有变,随时准备纵身以殉。由此亦不难推想,翁晚年的日子并不清闲,时刻悬念光绪帝载湉,静观时局有变, 最后仍不免郁郁而终。好在他归里后不幸中也有幸,据说地方官表面上"严加管束",实则并未过分难为这位遭贬的古稀老人。所以才能使其最终完成了《瓶庐诗文稿》和《翁文恭公日记》。这多达四十册的日记,始于咸丰八年六月,终于光绪三十年五月,在这部长达四十六年的日记体著作中,从一个侧面反映了同、光年间的某些重要史实。看来直到他临终之时,仍在不辍地留下内心与外部世界的共语。

有关翁同龢的一生评价,过去争议似不甚多,总的说来在他为官的几十年, 正值列强入侵瓜分中国的多难之时,他始终主战,在中法战争中支持两广总督张之洞抗法,在中日甲午战争中反对李鸿章求和,并站在光绪帝一边支持变法主张。所有这些,一向被认为是无可指摘的。近年来则异议渐多,对他主战的正确性有所置疑,在某些影视作品中更被嘲为老朽不识时务,缺乏审时度势的眼光以致鲁莽用事,以反衬李鸿章乃至西太后之辈的清醒灵动,云云。当然,对于已往的人过去的事,在一定历史阶段从不同的角度加以审视乃至提出针锋相对的异议，也并非是什么全无益处的事。但许多事虽无绝对的正反，但亦不能混淆是非。"策略"与"机变"当然极其必要，但在国家命运和主权大事面前，气节与原则是不可丢弃的。从这个意义上说，翁公似乎更站得住脚，是不应简单地以"迂腐"与"鲁莽"之类的嘲弄横加涂抹的。

在常熟城内翁氏故居纪念馆，我不胜欣喜地看到了他的不少书法真迹。翁氏书法我并非第一次看到，当年"文革"中下放工厂，有一位出身大户的老师傅邀我至他家，十分珍贵地展示出一本册子，内中夹有翁同龢写给他常熟亲属的几封书信，字体精娴秀逸，且不乏劲力。此次又亲自领略到如此多的珍品，也算是大开眼界，愈知翁氏以书法名世绝非虚誉。实事求是地说，以翁公之字，非今日一般"名人字"可比，始知书法家就是书法家，而且是卓有成就的书法家。由此我又联想到当年有位伟人曾说过：封建时代的状元很少有真才实学的。此说如用来批判陈腐的八股之弊无疑是有道理的，很可能有些状元未见得真出一般进士甚至落第举子之上；但也不能否认，其中也有卓异之才，起码在某个方面或某些方面是这样的。这类情况，唐、宋、明、清都有，其中还有如南宋时既为杰出诗人又是民族英雄的文天祥。至于翁同龢，起码应算是有真才实学中的一个。

时下深秋，我在原石驸马大街罗圈胡同及南闹市口一带流连，后者已大大扩展，旧屋均已拆除，难寻踪迹。我想象着，

228

翁同龢幼年时和中老年两度在这里居住与活动，前后长达几十年之久，当时的情状在他的日记中亦有闪露。然而，如今物不是人亦非，只有附近尚存的杂院中老槐飘出一些落叶，叠印在百年前翁公也许走过的街道上。作为时间相差半个多世纪的"老邻居"，我既不想叨光，但也绝不感到有什么污损。尽管今天对此公有某些争议，但说他是近代史上的一位重要人物、一位著名的书法家，谅是不致离大谱的吧？

从北京石驸马大街到江苏常熟"瓶庐"，是清末一代政治家、重要官员走过的一条曲折的路，是中国近代脆弱的改良主义走向失败的必然，也可以说是百年风云变幻、人事纷争的一个缩影。很可能这种种争议和不同评价还将继续下去，但中华民族从备受屈辱到奋起抗争以至重新崛起的大文章当是一切志士仁人所努力为之的主流。那么，怎样审视和评价翁同龢，当然也应以这个不易的标尺衡量之。

其乐如何,乐在其中

——独乐寺漫笔

一棵苍劲的古柏撑起渔阳古风习习的云天;一尊十六米高泥塑观音菩萨,撑着一座千年古刹。这座距离天津市区一百一十余公里的蓟县独乐寺,是国务院 1961 年颁布的第一批重点文物保护单位,足见它是我国古代建筑艺术中的瑰宝。

独乐寺,始建于唐,重建于辽圣宗统和二年,即公元 984 年,距今已有一千多年之久。当时我国大部地区,为宋朝中央政权的版图,而北部大片土地,为辽政权所控制。独乐寺的重建工程,远在一千多里外的宋都汴梁想必不会知晓,砍伐油松的斧声,也是镇守三关"前线"的宋军将士所听不到的,但在九百六十五年之后即公元 1949 年,无论是独乐寺所在的长城脚下的蓟州,还是大相国寺所在的古都开封,都在统一、康乐、和平的社会主义祖国大家庭之中,不仅无须忧患被损辱破坏之苦,而且作为旅游佳胜,受到每天多达千百人次的瞻仰,其乐何如?

独乐独乐,名称的由来,多少年间一直颇费评猜。或曰观音塑像内部支架,就是一棵参天而立的大杜梨树,以谐音而得名。但杜梨与独乐毕竟也有差池,此说不无牵强。或曰唐玄宗时安禄山起兵叛唐,在此誓师,决不与民同乐,故曰独乐。这种说法流传广泛而久远,似乎颇有道理,但据史实所载安禄山起兵范阳(今北京),与渔阳郡尚距一二百里之遥,似亦带有传说的添加色彩。其实,何须苦苦迫索,考据无已,反不如理解为当初命名者飘逸脱俗,自我陶醉,妄薄他方世俗,以自己为世间唯独最乐者,如是而已。

辽代重修之前是何模样,今已难做精确想见,但有李白所书"观音之阁"四字匾额尚在,洒脱雄健,仙风劲骨,风貌自是不同。只是"太白"具名二字太小,反可见出李白别有风趣的幽默。这匾额应该确信是唐寺的遗物,盖因李白这位诗仙平生喜爱远游,最北到达过幽州地面,蓟县当然应是他履踪幸至者。遥想当年,李白正是五十出头的年纪,不远千里,仆仆风尘,野餐于秦汉长城烟尘之沉落,借宿于佛寺僧人之侧房,兴之所至,一挥而就,未尝想到竟能流传至今。至于那时这位谪仙是骑马来,还是骑驴来,抑是安步当车,更能细作品味?这就无法考证了。最重要的是他来过这里,该是没有争议的事实。

历史名人在当时, 也许只把它当成普通的旅游活动,而未曾想到它具有那么隽永的价值；而后世自然要把他们留下的每步足音，都珍留在美好的想象之中。

还有一位名人的遗迹，那就是山门正方的匾额上，大书的"独乐寺"三字，据传为明代武英殿大学士、太子太师严嵩手书。何以没留落款？据说原先也是有的，皆因严嵩乃奸相，严氏父子于当时横行朝野，鱼肉百姓，诬害直臣，滥杀无辜，人皆切齿痛恨，后世于是将"严嵩"之落款铲掉。此亦是传说，未置确否。但似在情理之中。严嵩奸则奸矣，然其书法，似还为世人所称道，不然北京"六必居"酱园，亦定为其人手笔；甚至本为萧显所书之"天下第一关"，在民间却讹传为严嵩所书。这说明一种习惯心理、人们对名家的崇尚往往达到假托附会之地步，有时甚至不择忠奸，不问正邪，只要是名人遗迹，即可达到心理上的满足。据信"独乐寺"三字，当不属于此种情况。

我国著名建筑学家梁思成早年即亲临独乐寺，做过卓有成效的考察。对这座古刹评价极高，称它是"我国古建筑中已发现之最古者。以时代论，则上承唐代遗风，下启宋式营造，实为研究我国建筑演变之重要资料罕有之宝物也"。

梁老先生之评价果然中肯。独乐寺之建筑，不仅具有历史价值，艺术价值，且有很重要的科研价值。缘何名寺落成后一千余间，附近地区历经二十多次大地震而未损？尤其是1976年7月28日唐山大地震，蓟县均受波及，房屋多有倾

232

圮或震裂者，然独乐寺却安然无恙，如多年修行道行精深之老僧，盘腿合掌，神思入定，任外界干扰频仍，雷电交鸣，大地似有倾覆之势，它也状貌安然，这还不足以说明是名副其实的"独乐"吗？

今之山门和观音阁等建筑，看上去多经风雨洗礼，木质剥蚀，其色黯然，但其艺术价值反随时光之增进而愈见光辉。且不说它飞檐斗拱非同凡俗可比，也不细道其四大天王与哼哈二将如何栩栩如生，塑功精到，单说为我国古代最大泥塑观音头上还有十个小头像，这十一面观音就是仅见的绝品。想象是艺术的翅膀，换言之，缺乏想象力的艺术创造只能是蹩脚的匠品。而真正艺术想象的产物就在似与不似之间，十一面观音谁人见过？没有，然则又不觉其荒唐无稽，反觉是一种美，一种幻觉而又真实的美。

我有幸被此间专家引向观音阁的二、三层楼上，既窄且陡的木质楼梯使人想见当年足蹬麻鞋的僧人小心翼翼擎烛上下时的虔诚与艰难。脚下吱吱嘎嘎的声响仿佛是他们被压抑的心声，储留在尘封的角落里。我们烙印着他们的足迹，不是走向四大皆空，也不祈望魂归西天雷音寺，而是登上阁顶，去眺望古渔阳的远山和新时期市场的繁荣。

几面窗户都打开了，外面的清新空气与里面毕竟有些窒霉的气息对比相当强烈，这好像是古今两个时代的观念、风习和无声的语言在交流。此时，不少的蝙蝠在吱吱叫着，厮打

233

嬉戏于佛像前后左右,这对古建筑是一桩祸害,但这些鼠状小动物又具有益的方面,灭除无疑不妥,置之不理又难心安,据说药物专家打算以一种药味使之自动迁徙他方,效果如何,尚待验证。

从阁上下来,再欣赏阁内壁画,乃明代重描之"十六罗汉"和"二明王"像,多有故事情节,演说在一壁之上。这些壁画,重被发现亦属偶然。乾隆十八年大修独乐寺时本为一层白灰所覆盖,1972年整修时意外发现而重见世光。屈指算来,被无端埋没已历两个世纪,到底是罗汉和神王,不同于凡胎俗骨,否则岂不被窒息久矣!

出阁门,又与院内的辽代古枫会面,它尽管身躯不高,但姿容矍铄,历经兵乱而未折腰,饱尝雷电而不失色,多受风霜而拒枯萎,曾被訾议而仪态从容。树为阁之神经,阁为树之依傍;树为阁而自豪,阁为树而坚挺;树既能历千余载而不衰,阁又岂能不与之媲美?阁既能为世人赞誉而沉稳依旧,树便可为阁而生为阁撑持而无愧。我问树:汝乐乎,汝独乐乎?古树不答,只有风吹枝叶,沙沙声响,显现出一种有节制的欣慰,而不做狂欢状,更不致乐极而生悲。

此际天空多云,农历十月天气,寒气侵入,寺院内显得空旷而肃静。晚风起处,檐角铃声叮咚,清逸而多韵味,使人恍若置身于中古的意境中;蓦地清醒,院墙外不远,正是喧闹的现代服装市场,古与今,这又是一个强烈的对照。我似觉观音

234

阁上"太白"二字走了下来,化为一位落拓旷达的诗人,好奇地走出山门,去感受他身后一千二百多年的世界,在今人面前重新展现他"斗酒百篇"的惊人才华!

可惜,因事急我不能住在这里,待明朝有幸观赏那据说是颇为奇观的"独乐晨光"。不过我问过向导:"这里的晨光好看吗?"他连答:"好,好!"按照我们一般的语言习惯,凡极好时往往难以用具体言词形容,而只能以简单的"好"字概括,个中佳处,只能靠人们自己去想见。"独乐晨光",想必属于此种无疑。

篇末又回到安禄山起兵一事上来,范阳也好,渔阳也罢,终归相距不远,此处当然也属于这位重兵在握、声势赫赫的节度使之"势力范围",那么,其铁蹄所至,鞭影映处,独乐寺也不可能不为所扰。"独乐"向为一切独夫民贼的追求与嗜好,安禄山之流更当是发挥得淋漓尽致。然而,尽管他鼙鼓响处,战尘蔽日,数千里哀鸿遍野,趋长安而横行宫阙,他不可谓不威风,不可谓不独乐,但还是难逃自相争战终被戮尸之结局。独乐乎?独悲夫?从这个意义上说,安禄山之于独乐寺虽系传说,却也不无本质的真实。独乐寺之于醉心在众人哀声中的独乐者,倒是一个绝妙的讽刺,一个很好的写照。

今人亦乐,但不应独乐。

台湾的庙宇

这一发现很出乎我的意料之外：台湾的庙宇真多，在城市以及路经的村镇都不难看到；而且还有一个特点，就我所见者，几乎都是暖色的。

所谓"暖色"，指的是不深重，不冷峻，大都是淡黄色，间有乳白色的，因此看起来好像都挺年轻。然而，凡是我们一般人所熟悉的神、佛、仙、圣等至尊形象，在这里几乎都可以看到。譬如：无论是自"西天"归来的玄奘法师，还是过五关斩六将也走过麦城的关老爷，抑或是喜欢周游列国倡导有教无类的"至圣先师"孔子，雕塑得大都有些走形，至少不是如我们头脑中早已定格的那种样子；或者说是有点"新潮"色彩吧。不过，话又说回来，以上诸位等等都没有留下照片，纵有画像似乎也不是当时照着真人画的，又有谁亲眼见过他们的真容？反正只要抓住其基本特征就好。正如红脸卧蚕眉的那就是关公，焉有他哉？

我所看到的，哪座庙门里香火都很旺。看来，只要有一座新的寺庙落成,就会有人恪守信则灵这一古训。也许正因如此,我注意到在每座寺庙对面都有一溜卖香的摊店。大都是一些中年妇女手拿着大杆粗香,吆喝着:"敬香!敬香!"

不仅如此,我还看到一座落成不足十年的庙宇(因为寺庙梁上写有建成年份)。一进门,满眼都是明晃晃的蜡烛,气味浓郁的长杆大香,衬托着窗明龛净的宽阔殿堂,一些台湾的政要和顶级名人手书的匾额和楹联悬挂其上。我所记得的有严家淦、孙运璇等人。堂内气氛时新而轻松,光线敞亮而柔和,我看着实在觉得别具一格。那天外面下着中雨,有人进来跪拜,有人进来似在鉴赏,也可能还借此避雨,但举止极轻,悄无声息。

我不得不承认,在台湾所到之地,我基本上没看到过我们许多人习见的古刹,也没有听见唐代诗人张继笔下的夜半钟声。我脑子里映现的庙宇,是像陕西留坝张良庙那一类古柏森森的千年古刹。与尚未来过大陆的台湾文友谈起来,他们双眸间溢出的都是一种神往的亮光。我在这里也见到了前所未见的新鲜场面:在新塑的高约数丈金身大佛的平台上,几位有博士学位的尼姑在做深呼吸,她们是背东面西的,给我的感觉颇有诗意,好像是在无声地朗读海峡的早晨。

也就在这天晚上,我们到达了高雄近郊的佛光山寺。这是我平生看到的基本上是现代格局现代设施的规模庞大的寺庙,如果不是因这里也有大雄宝殿,也有菩萨的莲座坐像,我庶几将会改变对以往既定的寺庙的印象。这里经常举办讲座，有"专业"和"业余"的听讲者。在我的印象中，这里所有的修行者对本山寺的创建与设计者也是主持大师都很虔敬。在相互接触中，我感到这里的许多修行者其文化造诣良深，其中有的就是佛光大藏经的主编。在寺庙工作中，现代科技应用广泛，我看见有许多徒众面前都有一部电脑，有的晚间仍在聚精会神地工作。

晚餐时，得蒙寺方招待我们一行人吃了斋饭，许多食品都是豆腐、瓜菜等素料做成的，手艺很精到。夜间就寝，寝室中一切素净，床单被子轻软洁白，虽无电视等设备，但桌上有多种佛学著作，可供客人翻看。

当夜很静，只有远远的海浪声伴我入眠。这是我平生第一次在寺庙中过夜，我的同行者们可能也是。

漠风雕镂的"古城"

去岁末尾,我们一行人自库尔勒出发,乘车穿过塔克拉玛干沙漠公路折向大沙漠西北边缘时,眼前惊现出如古城宫门遗留的残迹,在两侧参差崛立的土柱中间,一条曲折神秘的通道夹车而过。这土柱宛似远古时期所建的宫阙的门柱,高耸而怪异。虽是一色暗黄,但看上去却极结实,似乎不需担心它们会倏然崩塌。

过了这奇形怪状的"阙门",突然间在公路右侧展现出一座更加完整更加森然的"古城"遗址。许多形貌不同的、酷似断壁残垣的暗黄色存留交错矗立,有的如云南石林中的巨石烛天,有的如戏曲舞台上使用的巨型三尖两刃刀,有的又形如凝固的云朵,有的浑似静止的陀螺……却并无杂色,与周围的沙丘对衬鲜明。

我们下了车,离它们不远也不近,大家争相地摄影留念,人们心照不宣,一是因为这背景绝对新鲜,二是内心里还有一些震撼,也可以说是某种敬畏感。

239

"古城"里看不到一个人，只在半空有几只鸟儿落寞无依地盘旋着。

直到大家照足了相，向导才向我们"揭秘"：眼前这番景象，并不是真的古城遗址，而是一处典型的雅丹地貌。"雅丹"，是维吾尔语，原意是"险峻土丘"之谓也。它们是干燥地带由于风蚀所致。在比较倾斜和缓的黏土性岩层，地面因暴流冲刷，再加上强烈的漠风剥蚀，年深日久，便雕镂成眼前这样的风貌奇观。它们由一系列岭、峰、沟、叉构组而成，最长的可达五十米以至百米，这还不够一座不大不小的"古城"遗址的规模吗？

"够的，就是一座古城。"原来在大家心里，也有雅丹地貌这个概念的。然而，真正亲眼看到它，尤其是如此完整、如此典型的雅丹地貌组合，还是第一次。因此，我宁可将它称为"雅丹古城"。至少在此处是这样。

我们并没有马上离去，我还沉浸在无声惊叹的余波中。大自然的伟力与灵性竟至如此。对于暴流与漠风来说，恣意冲刷和削凿山崖也许是一种破坏，但其结果形成的错杂嵯峨的奇观，又不能不说是对既定的自然景观精妙的再创造。是色泽单调与形态多变的融合，是绝对沉默与绝对令人惊愕的统一体。一方面是精雕细刻的不乏温柔，另一方面却是恍似金戈铁马荡过之后的一片肃杀。我明知是大自然的作用力所为，下意识中又觉得它曾经历了一场几近毁灭的残酷战争。人，没有了，其他活物也没有了，就连疏草也实难看到，至少在一定距离内是这样的。不，事实上是大自然相互之间搞的。可难道大自然中这样和那样的碰撞与搏击不是另一种意义上的战争吗？

可是，也怪了，至少在此时此地，我内心并不那么诅咒暴流和漠风。它们毕竟给我们留下了不可替代、在别处绝难见到的一处硕大的工艺美术群落。如果说，人工之绝品贵在精细而神妙，那么眼前这大自然雕成的奇观则以其粗犷、威猛、奇崛而见长。它们只能说是各有千秋，一个个都堪称绝笔。

我们即将登车离去时，我蓦地发现从一个圆堡式的造型后面闪出一个人影，最突出的形貌就是他头上戴的那顶宽边遮颜的大草帽，也只有在当下电视屏幕上表现剑侠和戏说之类的影像中才能见到，而这人的服饰本质上也属于"戏说"那种，说不上是哪朝哪代的特征。但有一点，整个色调好像也是以灰暗为主，与雅丹地貌的环境倒是很匹配的。此人手执一长棒状的东西，顶端上好像还有缨穗，一面晃着，一面呼喊："哦呼哟，哦呼哟……"

在车上，我们还在猜测此人到底从何而来，是干什么的。

咳，如无其他异常，这一小插曲作为沉寂的雅丹"古城"的小小点缀也好。如今不是时兴"戏说"吗？只不过要有个度，莫要破坏了这一沉重、深厚、奇崛和纯天然作品的完整性。

我的感觉，"雅丹"是一个既可正视而又不应过分亲狎的景观。

241

盛衰沉浮皆自然

——古城探访漫笔

春节的一天夜里,睡梦中出现一幅从未在梦中出现的场景:一座想象中的古城在车水马龙、市肆喧声中突遭飞来横祸,汹涌的洪水平推盖顶,在人们的无比惊恐中淹息了一切生机, 刚刚还是繁荣兴盛的场面遭到没顶之灾, 再看时尽成泽国。似醒非醒时还在回味,梦中曾经出现的那个城市既非开封那样的通都大邑,却也并非不起眼的市镇,甚至还有些非中非洋、非东非西,一种不那么确定的模式……

醒来再思之,此梦的出现也绝非荒唐,可能源于一年前我专程访察时的一种感觉。那是相距不远的两座县城,较之它们兴盛的过去,显然没有昔日那样赫然的地位。我问当地的专家和老者迁变的原因,他们说了很多,但给我印象最强烈的好像是与水有很大关系……

这两个县城就是同居于河北南部的大名和临漳 (古邺城)。

也不知为什么,我自小对于飞黄腾达的东西,对于趋向于

242

通体生光、人所附仰的物事,很少动脑子去研究它,因为那些已有无数人在注视,根本不需我去破译它暴发的成因。而对于已有多少明公学者写了车载斗量的文章进行研讨加以玩味的大腕都市,如六朝古都、今亦为现代开放大都市南京,汉唐帝都、今日外国总统级人物也趋之若鹜的关中骄子西安,等等,不劳我枉自饶舌、锦上添"草"了吧?

而上述的大名与临漳却恰恰相反,它们都曾经兴盛过或在一定的历史时期有过显赫的地位,后来在时间演进过程中逐渐衰落或身价陡降,千数百年至今亦未恢复往日辉煌或提升至相应规格。因而,常常使我为之喟叹,也不无困惑:何以衰落而发人世沧桑之幽思;几多怆然而更想品咂式微之况味。未去之前,即揣摩多年,而终未得确切答案;虽凭想象却从未忘却。因为,这两个地方绝不仅只来自于文字所见,还是在我孩童时期,扛在父亲肩头上看"大戏"即领教了"大名府"的盛名,从外祖母讲故事中,就已熟悉漳河边上的古邺城有"河伯娶妇"的陋习和惨剧,并从故事中结识了清官西门豹等。稍后才从《水浒传》中读到了大名在当时称为"北京",权奸蔡京将自家女婿置此重地为主官;而在读《三国演义》时,又知曹魏将邺城作"邺都",实际上视为私家的老巢,筑铜雀台(与金虎、冰井二台合称为三台)"以娱晚年",并由其子曹植作《铜雀台赋》:"从明后以嬉游兮,登层台之娱情。见太府之广开兮,观圣德之所营。建高门之嵯峨兮,浮双阙乎太清。立中天之华观兮,

243

连飞阁乎西城。临漳水之长流兮,望果园之滋荣。立双台于左右兮,有玉华与金凤。揽'二乔'于东南兮,乐朝夕之与共……"仅列开头数句, 亦足以想见楼台之耸峙与瑰丽, 至今令人神往。同时亦不难看出一千八百年前即在建筑工程和塑造艺术上达到的高度。

其实大名与邺城,何止春秋至三国年间即不同凡响,此后千数百年间,尽管具体治所略有更移,但大致均无愧于黄河流域重镇和中原地区最繁盛最富庶的都市之一。仅举其要者,以大名而言, 五代十国时期的后唐开国皇帝李存勖, 于公元923年在此登基,并将原名魏州改名为东京兴唐府。这个后唐皇帝后来才迁都洛阳。一百多年后的北宋庆历三年 (公元1042 年),为防御契丹南侵,建大名府为北京,被称为"北门锁钥",出库银十万两修北京行宫。此京城周长达四十八里有余,有城门十七座。作为都城的北大门,"北京"在抗辽入侵中还真的发挥了作用,高垒坚守,始终屹立未动。时间又后移近一百年,伪齐"皇帝"刘豫在最初阶段,也"建都"于大名,作为金帮傀儡的刘豫,以自身的叛卖行径污染了"大名",但城地又岂能代人受过? 自宋迤至金、元、明、清,大名始终未从府、道一级的规格下降。至于临漳(邺城),曹操之后,曹丕虽定都洛阳,但仍以此为五都之一。十六国时期后赵、前燕,北朝东魏、北齐皆定都于此。仅举上述诸点,在中国版图上,曾经享有此规格的地方又有几何?

也许正因如此,才更值得专程前去察考一番。及至去了之后,出乎意外的是与去之前心情并不尽同。古今反差虽大,但并无多少伤古之惆怅;当日的辉煌不再,却并未减弱我感觉中之温馨,为何?且容我道来——

今日的大名县城初建于明朝,至今已有六百年的历史,位于北宋"北京"城的西南不远。也许此城较之目前某些经济开发较早、现代化程度较高的县城略显不够时尚,高楼大厦尚未达到鳞次栉比的程度,但也正因为此,反而保留了一些旧时遗址,隐现出真正的古城风貌,朴素的街道透着当年的习韵,不禁使我联想起对童年时故乡胶东县城的印象。风格虽不尽同,格局却近似。晚饭后出来散步,店铺灯光依稀。十字路口处各种摊点熙熙攘攘,有的还喷着腾腾热气;往南关走去,尚存的一座关楼暗影幢幢,出关楼再向南,笔直的街巷由石板铺就,竟与我故乡旧县所铺街石肖似,幻觉中并倏然回到五十年前。第二天上午,再看白日之县城,十字路口亦悉如我故乡县城格局,坐北有一肉铺,我特别注意到,那肉架、那挂钩,就连那肉铺掌柜的形貌神态也是我童年所熟悉的情景。不须故作怀旧状,自然却透出浓浓"古"意。县东街路南的天主教堂,为哥特式建筑风格,至今已近百多年历史,抗战初期虽遭日机袭扰,但至今基本保存完好。总之,大名城内旧的设施,总还保留了相当的原貌,较之有不少县城虽现代化了些,但旧日面貌荡然无存,究竟孰是孰非?或是当与不当各占几成?恐怕是很难一言以蔽之的。随后我们又驱车去县城东北探访旧大名府故址，瞻仰了五礼记碑、狄仁杰祠堂碑等。此时，大地被一片葱绿覆盖，拔节的麦苗随风势俯仰，不由使人胸旷心舒，爱之过切。站在麦苗丛中留影。哦，怪不得古之大名府及邺都一带向为有识者看重，想不到微有丘陵的平原地带土地如此丰美，禾稼长势如此优良，否则偌大官吏军兵人等群体靠什么供应？及至亲临，一切释然。

　　又过一日驱车去临漳，一路上田连阡陌，绿意盎然，这里除麦田外，尚有油菜花点缀其间，黄得娇羞，如怀春村姑之情态写意。我们直接去国家级文物保护单位的铜雀台故址，拾级而上，台阁虽尚余几间，当日主体建筑恐已不存，但据台上四望，仍有一番巍然气势。眼前漳河朦胧于雾霭之中，柳芽在鹅黄的浸染中抽动，麦浪与似山非山的淡蓝色脉流相融，西南方的天幕下有一现代城市模样的建筑群，但在这里听不到任何的喧嚣之声。此处完全是一个独特的小世界，静谧、和谐而心皆怡然。本来，我来之前想向当地专家询问曹操死后所谓的"疑冢"方位，以及曹丕当日纳甄氏的冀州城遗址的具体地点，至此反而无意再寻麻烦。因为，自大名至临漳，古时"北京"和邺都的隆盛势派虽已不见，但今之风貌也并无凋落景象，何必自寻伤感？今之城市"规格"虽远不及当日高大，但一切均不失自然，禾苗仍不失旺盛，人的精神面貌质朴中透着向上的自信，昭示说大名和临漳不仅存在着，而且人们肯定会逐步改善自身环境、越过越好。没有见到有多少人在抱着古旧的图版颤声长叹，我们这些外来者又何必做迂腐书生式的徒然哀伤？

不过，我绝没有忘记此番前来察访的初衷。经过几天采访探询，再加冷静思考。大名也好，古邺也罢，其走向衰落的直接原因当属水患，大名和邺城最初的崛起与繁盛，得力于比较优越的地理条件，重要的军事地位，适中的地理位置和独特的历史机遇。然而，水患始终威胁其安全也是一个不争的事实。大名和临漳不仅濒临卫河与漳河等水流，在历史上黄河也一度自就近通过。"河伯娶妇"的故事充分说明两千年前邺城一带即为洪水困扰，西门豹除陋习最有力的措施就是整治河道，消弭水患。旧大名府之所以毁圮就是因为公元 1401 年（明建文三年）的大水漫城而不得不迁移。而县城也不断被大水追袭，最厉害的一次是 1569 年（明隆庆三年）大水竟至坍城，后来不得不将县、府同治，即今址，此后稍安维持，一再的水患从实体到人的心理上都受到极大冲击，不可能不对原有的地位产生动摇。另一个重要原因是兵燹。以邺城为例，最惨重也是最致命的一次是公元 580 年，北周灭北齐后，周之大将杨坚为防反叛势力据险反扑，下令将邺城彻底焚毁，于是存在了长达一千二百年的著名都会被夷为平地。从此元气大伤，纵有小复，亦终难重现旧日规模和盛况。而大名也不断遭到战乱的破坏。北宋末年女真贵族所建金朝兴兵南侵，对"北京"

247

的毁灭性洗劫及破坏;蒙元军队对大名府的践踏;抗战初期日寇对冀南重镇大名的狂轰滥炸;抗战胜利后的拉锯式战火的损伤,等等,也不可能不对这座鼎鼎"大名"的重镇渐次削弱。

水患也者,兵燹也者,削弱一个城市乃至彻底毁灭并不是绝无仅有的个案。即使在世界上也不乏其例。古希腊传说中的一个名城在公元前若干年就被洪水从地面上完全抹去,至今世界上的许多好事者包括一些知名科学家都在费尽心机地寻访考察,好像诺贝尔奖也在等候这一幸运的得主;还有加勒比海底中已确知的神秘金字塔,据说就是远古时飓风海潮剧烈冲激所致,竟至可以改变了某些地貌,等等。如依此说,那么大名、临漳古城之衰落不过是小巫见大巫罢了。

然而,如仅仅简单地归之于洪水和兵燹,即能造成今昔如此大的反差而且势难恢复原来的"规格",说服力似也不足。因为,以开封城为例,历史上因黄河自然决口或人为灌城达数次之多,以至于造成几层泥沙几重城基;加之战乱兵灾,开封城可谓命运多舛,但至今尚能保持较高规格与知名度,却又为何?又如洛阳、长安,仅是东汉末年董卓之乱和董之余党的肆意践踏,就造成城郭废圮,惨不忍睹,民十室九空,饿殍遍地。但长安洛阳尤其是长安仍能几颓几兴,至今仍不失为规格很高的都会名城。看来个中还有其他原因。

沉下心来,详加分析,我觉得其原因至少有地理的、历史的和行政的几个方面,所致结果自不相同。

从地理上说,开封、洛阳、西安地处中原或关中中心地带,而且均在我国中部的东西通衢线上,至今仍属亚欧大陆桥的必经之地。而大名、临漳地理位置虽也不错,较之上述几位还是有几分逊色。从历史原因上说,长安、洛阳、开封作为都城一级的大城,大都处于中华大统一时期的领衔都会,应属全国范围真正的中心。而邺城与大名虽也做过都城,但所据者均未统一大江南北,甚至还是割据时期或疆土日蹙的王朝,从某种意义上说,仍属地方性的中心,局部性的繁荣。至于行政上的原因,也不能说是无关紧要。古时行政区划与今时不同,尤其是大名、临漳一带,民国以来变化亦不小,明清时的大名府经常辖区兼跨今之冀、鲁、豫三省若干县份,最多时多达四十七县(大名道),包括今天重要交通线上的"地级市"邯郸、衡水等,但后来行政区划变迁至今,大名、临漳已局促于冀南一隅,成为三省的边缘上的普通县份。不唯不成其为举国中心,连一省一地中心也不是,这种区划的边缘区和非主干交通线之必经,便造成外省人很难光顾,后世人多不知其名。试想,在商品经济极度活跃、旅游事业繁兴的时代,它们的"火"劲儿焉能不受到极大影响?

不过,话又说回来,一切都以平常心待之,一切都会释然。是洪水侵凌也罢,是兵燹损坏也罢,都是历史进程中自然和社会震荡的必然。人与地同理,不排斥有少数幸运儿,永远鸿运到顶,但对大多数情况而言,盛衰(或相对盛衰)变数本属正常。大名、临漳肯定不如城中之平遥、镇中之周庄那么幸运,却比外国之庞贝古城,中国新疆之高昌、交河城又有幸得多。重要的是还存在,而且存在得还有意味,有特色。谁能断言,它们没有较之现在更上台阶的可能？纵不能"火",但只要此地与人努力了,前进了,也堪足欣慰。

我本是带着惆怅心情往访,却又怀着怡然心情而返。仅是现在的大名、临漳的印象贮留心中,我就会觉得它十分亲近,而且亲切得胜似故土。

秋雨中，谒马克思墓

　　我到英国伦敦后，即使哪儿都不去，也要先去瞻仰卡尔·马克思墓。

　　眼前就是了——坐落于伦敦边缘地带的一处公墓。它的意译为高门公墓。深秋时节，细雨时断时续，无尽无休。从前只听说雾都多雾，现在据说是雾少多了，雨却又时常前来光顾。但人们似乎已经习惯了，纵然带了雨伞也绝少撑举。

　　门票是导游买的，我没有问，但据说数额很可观。在这里，无论做什么和买什么，如以工资数量计也许是可以接受的，但如果从以人民币换算的角度看，贵得足以令人咋舌。

　　公墓也堪称是一座公园，到处是各色各样的野菊和覆盖得严严实实的鲜绿的草地，许多树枝上擎着类似中国山楂似的红珍珠，红得出血，却没有一片叶子，也不知能不能食用。

　　除了我们这个访问团的几个人和英国向导，暂时没有见到别的什么人，整个园中只有细雨在悄悄絮语，静得我们彼此都不好意思高声说话。

墓葬全是卧式的,看来不少死者都是豪门贵族,表面都是大理石结构,墓碑做工也很考究;显然也有平民百姓,墓葬简简单单,墓碑也不神气。据向导说,这处墓地已经挤满了,一般不再增加新坟。当然,生死规律仍在照常进行:死去的仍然死去,活着的还在活着。

卡尔·马克思墓在距大门不到一公里的通道左侧,按我的判断是坐西朝东,半身像与我过去在图片上见到的一样,没有变,那副微微的笑容没有变,眼前的天气与一百多年前他逝世时也不会有多大变化,只不过是由多雾而变成绵绵细雨罢了。他仍然望着前方,更确切地说是望着东方,身后是树丛和荆棘。眼前呢,这时上午的太阳从阴云中挣扎而出,他正对着它,它也正对着他。是熟悉还是陌生,抑或是有些隔世之感?

我没有多想这些,而专注于墓碑那大理石的基座,上面有一簇半开的小白菊,还有两串新鲜的一品红。献花的人谁也没有留下姓名。花簇并不繁多,未免有些清寂,但比起周围的墓丘来却不算冷落。那些墓丘尽管装修华丽,却没有一朵献花。我想也许是没有赶上忌日,亲人没有来;也许是出于经济上的考虑,因为此地的鲜花价格的确非常昂贵。

我们在墓前照了许多相,这时才有另一个中国访问团也走近这里。他们是河南郑州的一个工业参观团。我问向导:"别的国家有来的吗?"这位名叫大卫的银发老人答道:"有的国家以前一来了人,就到这里来。现在?当然,也还有来的。"他语意有些含糊,又耸耸肩膀笑起来。

然而,我们一行人却执意地来了。

我再一次凝视眼前这位伟人微笑的塑像,尽力破译着那笑容中蕴含的隐语,他似乎在说:我生前曾经来过这里,这里发生的一切一切我都不陌生。

我们出大门的时候,一位负责管理的,颇具风韵的夫人抑或是小姐的中年女士递给我们一张说明书,好像含有买也得买、不买也得买的意思,每份一英镑,价格也不很低。我翻了翻,主要是对马克思墓有关情况以及他的生平介绍。我方才明白,不论如今来拜谒的人是多是少,也无论他们对马克思的评价如何,管理方面仍然主要是以他的墓葬招徕观客。看来,他们也是很讲求经济效益的。

秋雨仍在滴滴答答,没有停下来的意思,但太阳也没有完全隐住,有时在云隙里勉强地露出亮色。"东边日出西边雨,道是无晴却有晴",我不禁想起刘禹锡的《竹枝词》来,在这远离华夏故乡一万公里的地方。我料自己不大可能再有机会来这里,这很可能是唯一的一次;但一次就意味着永远。

253

（京）新登字083号

图书在版编目（CIP）数据

生命的吉光／石英著． ——北京 ：中国青年出版社,2018.1

ISBN 978-7-5153-5039-4

Ⅰ.①生… Ⅱ.①石… Ⅲ.①散文集－中国－当代. Ⅳ.①I267

中国版本图书馆CIP数据核字(2017)第327118号

出版发行：中国青年出版社

社　　址：北京东四十二条21号

邮　　编：100708

网　　址：www.cyp.com.cn

责任编辑：宣逸玲 xuanyiling@126.com

编辑部电话：(010)57350508

门市部电话：(010)57350370

印　　刷：北京科信印刷有限公司

经　　销：新华书店

开　　本：880×1230 1/32

印　　张：8.5

字　　数：150千字

版　　次：2018年1月北京第1版第1次印刷

定　　价：58.00元